浪人若さま 新見左近
決定版【三】
おてんば姫の恋

佐々木裕一

双葉文庫

目次

徳《とく》川《がわ》家《いえ》宣《のぶ》

江戸幕府第六代将軍
寛文《かんぶん》二年（一六六二）〜正徳《しょうとく》二年（一七一二）

寛文二年（一六六二）四月、四代将軍徳川家綱《いえつな》の弟で、甲府《こうふ》藩主徳川綱重《つなしげ》の子として生まれる。綱重が正室を娶《めと》る前の誕生であったため、家臣新見正信《にいみまさのぶ》のもとで育てられる。寛文十年（一六七〇）、九歳のときに認知され、綱重の嗣子《しし》となり、元服後、綱豊《つなとよ》と名乗る。延《えん》宝《ぽう》六年（一六七八）の父綱重の逝去《せいきょ》を受け、十七歳で甲府藩主となる。将軍家綱が亡くなった際には、世継ぎとして候補に名があがったが、将軍の座には、叔父《おじ》の綱吉《つなよし》が就《つ》いた。五代将軍綱吉も、嫡男《ちゃくなん》の早世《そうせい》や、長女鶴姫《つるひめ》の婿《むこ》である紀州《きしゅう》藩主徳川綱教《つなのり》の死去等で世継ぎに恵まれなかったため、宝永《ほうえい》元年（一七〇四）、綱豊が四十三歳のときに養嗣子となり、江戸城西ノ丸《にしのまる》に入り、名も家宣と改める。宝永六年（一七〇九）の綱吉の逝去にともない、四十八歳で第六代将軍に就任する。

将軍就任後は、生類憐《しょうるいあわれ》みの令をはじめとした、前政権で不評だった政策を次々と撤廃《てっぱい》。間部詮《まなべあき》房《ふさ》を側用人《そばようにん》として重用し、新井白石《あらいはくせき》の案を採用するなど、困窮《こんきゅう》にあえぐ庶民のため、政治の刷新をはかり、万民に歓迎される。正徳二年（一七一二）、五十一歳で亡くなったため、治世《ちせい》は三年あまりとごく短いものであったが、徳川将軍十五代の中でも一、二を争う名君であったと評されている。

浪人若さま　新見左近　決定版【三】

おてんば姫の恋

第一話　おてんば姫の恋

※

新見左近《にいみさこん》は、静かに刀を抜いた。

着物の上半身を脱ぎ、筋骨《きんこつ》たくましく、巌《いわお》のように鍛えられた体軀《たいく》を露《あら》わに、刀を正眼《せいがん》に構える。

谷中《やなか》のぼろ屋敷の庭に、宝刀安綱《やすつな》が空を斬る音が響き、凄《すさ》まじい気合が空間を圧迫している。

「むん！」

大上段から打ち下ろした安綱をぴたりと止めるや、葵一刀流《あおいいっとうりゅう》の凄まじき刃風《はかぜ》により、庭の片隅に咲いていた椿《つばき》の花が揺らいだ。

静かに息を吐いた左近は、安綱を朝日に当てて刀身を眺《なが》める。

清流の水面《みなも》のような輝きを見せる太刀《たち》は、平安《へいあん》時代の名刀工、大原《おおはら》安綱作とされる宝刀中の宝刀。徳川《とくがわ》将軍家秘蔵のひと振りである。

葵一刀流を学んだ老師から授《さず》かった安綱は、父、徳川綱重《つなしげ》の形見。

綱重は、末期《まつご》の床に左近を呼び、葵一刀流とこの安綱を持つ者が、徳川将軍家の正当継承者であると言い残し、この世を去った。

――今思えば、その時にはすでに、現将軍家綱《いえつな》公と父のあいだで、なんらかの話がなされていたのやもしれぬ。

安綱を鞘《さや》に納《おさ》めると、左近は深いため息をついた。

将軍家世継ぎ争いの火種《ひだね》が大きくなるのを防ぐために、甲府《こうふ》藩主、徳川綱豊《つなとよ》の身分を隠し、こうして谷中のぼろ屋敷に住まうこと早一年。

浪人のような暮らしにもすっかり慣れてきた左近であるが、近頃は、何かを振り払うように、こうして安綱を振ることが多くなった。

次期将軍の座を狙う者に命を狙われている気苦労ではなく、締めつけられるような、なんとも言えぬ胸の苦しみを振り払うために、剣を振り、気を紛《まぎ》らわせているのだ。

時々、お琴《こと》が志摩屋《しまや》に攫《さら》われた時の夢を見るのだが、目をさましてからも、ずっとお琴のことを考えている。考えるうちに胸が苦しくなり、こうして、剣を振らずにはいられなくなるのだ。

御殿医《ごてんい》である西川東洋《にしかわとうよう》に言わせると、
恋わずらい――。

らしい。

つける薬はただひとつ、

「さっさと思いを伝えて、乳でも吸わせてもらいなされ」

と言い、にんまりと笑う東洋である。

その言葉を思い出した左近は、お琴の顔を思い浮かべると同時に、首筋から血がのぼるのをどうすることもできずに、呆然《ぼうぜん》とたたずんでいた。

火照《ほて》る顔と身体を鎮《しず》めるべく、また安綱を抜き払い、気合を発して空を斬った。

一

延宝《えんぽう》八年（一六八〇）二月――。

この日、大工の権八《ごんぱち》は、金兵衛長屋《きんべえながや》の修繕を頼まれて、大工仲間と浅草今戸《あさくさいまど》町《ちょう》へ来ていた。このあたりに建ち並ぶ寺の境内《けいだい》は、梅の花が満開になり、一帯に梅の香りが漂っている。そんなのどかな空気の中で、権八たちは長屋の屋根を修復していた。

「おい、権八」

大工仲間の茂《しげ》が、金槌《かなづち》をたたく手を止めて、声をかけてきた。

「なんでい、もう昼かい」

「いんにゃ、あれ見てみな」

「ああ?」

言われて振り向き、にやける茂が顎《あご》で示すほうに目を向けた。

土塀《どべい》一枚を隔《へだ》てた隣の黄楽寺《おうらくじ》の境内を、艶《あで》やかな打掛姿《うちかけすがた》の女が歩いていた。

一目で大名家の姫であると想像できるが、

「一人で何してんだろうな」

と、権八が言い、たった一人で境内を歩く姫を目で追っていると、やがて、本堂の横手にある庵《いおり》の中に入っていった。

先祖にお経でもあげに来たかと言い、権八たちは仕事に戻る。

「おい、そこの板、取ってくんな」

権八が見もせずに後ろに手を伸ばして催促《さいそく》するが、いつまで経《た》っても手に板が渡されない。

「おい茂……」

茂はまた手を休め、寺を見ている。

「ったく、しょうがねえ野郎だな。おみっちゃんに言いつけるぜい」

「いいから、あれ見てみろや」

「あん」

権八が言われて目を向けると、荷物を背負った若い侍が庵に近づき、あたりを気にしている。境内の木が権八たちの目の前にあるため、向こうからは見えにくいのだ。

やがて侍は、庵に忍び込んだ。

「ありゃ、逢引《あいびき》だな」

茂がにやけて言う。昼間っからよくやるもんだと言いながら二人が見ていると、程なくして、もう一人侍が現れた。

「おいおい、二人いっぺんに相手をしようってか。いや、何も知らねえような顔して、やることがすげえや」

まるで近くで顔を見たかのように茂が言う。

「おめえは、女となりゃ目がよくなるんだな」

「おうよ」

さあ仕事だ仕事だとつまらなそうに言い、茂が手を動かした。

権八も屋根板を打ちつけようと、金槌の柄《え》にぺっと唾《つば》を吐きかける。

夕べの酒も抜けて、調子が上がってきた頃、

「おや？」

視界の端に動く物を感じて、権八は目を寺の境内に戻した。

「おい、茂」

と、切迫した声を出す。境内を数人の浪人が走り、刀を抜いて庵を囲んだからだ。

一人が入口に近づいたその時、戸が開け放たれ、中から侍が飛び出してきた。

激しい気合を吐き、浪人たちに斬りかかる。刀と刀がぶつかる音が響き、刀を弾《はじ》かれた侍が腹を蹴られ、尻餅《しりもち》をつく。

二人の浪人者が斬りかかるが、侍は刀をがむしゃらに振り回して遠ざけた。

「おのれ！」

もう一人の侍が叫びながら中から出てきた。その後ろには、ぴったりと若い侍

が寄り添い、へっぴり腰で刀を構えている。

二人の侍はこれを守ろうと、浪人たちと対峙《たいじ》し、じりじりと、寺の門へ向かっている。

「てえい！」

一人の浪人者が気合をかけて斬りかかった。侍が刀で受けたところへ、別の浪人者が突っ込み、腕を斬った。

「おい茂、行くぜい」

「おう！」

権八と茂が手頃な材木を持って勢いよく立ち上がり、屋根から垣根を伝って境内に下りた。

血の気が多い江戸っ子の二人は、相手が刀を持っていようが、弱い者をいたぶる奴らには我慢ならないのである。

「野郎、何してやがる！」

権八が材木を振り下ろしたと思うや、振り向きざまに浪人が刀を一閃《いっせん》した。すっぱりと短く斬られた材木を見て、

「うわっ！」

と、腰を抜かした。

鋭い目で見下ろす浪人が刀を振り下ろそうと構えた時、物が飛んでくる気配に反応して刀を振った。小さな金属音がして、地面に小柄《こづか》が落ちる。

「何奴！」

と、浪人者が叫んだ時には、視界に飛び込んできた人影に腹を打たれ、膝《ひざ》から崩れるように倒れ伏した。

権八の前に、藤色の着流し姿の男が立つ。鬢付《びんつ》け油《あぶら》できっちりと結《ゆ》い上げられた髷《まげ》に、がっしりとした後ろ姿。

「あっ」

と、見上げる権八の目の前に、見覚えのある風呂敷包《ふろしきづつ》みが差し出された。

「権八殿、弁当だ」

紛れもなく自分の弁当包みだと気づき、

「こ、こりゃどうも」

と、素直に受け取る権八だ。

「邪魔立ていたすと、命はないぞ」

頭目《とうもく》らしき浪人が言うと、三人の侍を襲っていた浪人どもが一斉に刀を向けた。

鋭い切っ先を向けられても、この男、新見左近は涼しげな顔で立ち、

「事情は知らぬが、友を助けるためについ手が出た。刀を引かぬなら相手をいたそう」

ゆるりと安綱を抜き、正眼に構えた。

「構わん、斬れ」

頭目が命じるなり、浪人者が気合を発してかかってくる。

初めの一人が打ち下ろした刀を弾き飛ばすと、凄まじい剣に浪人どもが息を呑《の》み、その場で凍りついたように足が止まった。

その中で、左近が、ちゃっ、と太刀の音を出し、刃《やいば》を峰《みね》に返す。

その姿を見て侮辱《ぶじょく》されたと思ったか、

「おのれ！」

と、浪人どもが憤慨し、前に出る。

「とりゃ！」

「たぁ！」

と、気合を発して上段から斬り下ろすが、左近が一瞬速く身をかわし、安綱を

肩にたたき下ろした。休む間もなく次の敵に向かい、胴を払い、背を打ち、腕の骨を折るなどして、またたく間に六人を打ち倒した。

残るは頭目ただ一人。

足下《あしもと》で唸《うな》る手下を見下ろした頭目は、

「ひ、退《ひ》け、退けい！」

恐怖におののいて叫ぶと、真っ先に背を返して走り去った。

左近は、物陰に潜《ひそ》むかえでに、誰にも知られぬようそっとうなずく。

かえでは密《ひそ》かにその場を離れ、逃げていく者どものあとを追いはじめた。

「馬鹿野郎！」

「おととい来やがれってんだ！」

権八と茂が威勢よく叫び、

「いやあ、痺《しび》れるねぇ、左近の旦那」

旦那などと言って持ち上げる権八がにやりとしたが、男の呻《うめ》き声に釣られて顔を俺に向ける。

仲間に介抱《かいほう》されていた侍は、腕と背中を斬られていた。

「おう、でえじょうぶかい」

気遣《きづか》う権八に顔を上げ、続いて左近を見ると、

「助けていただき、かたじけのうござる」

侍の仲間の一人が頭を下げた。

斬られた男は立ち上がろうとしたが、激痛に顔を歪《ゆが》めて立てない。

もう一人の侍が腕をつかみ、立たせようとする。

「しっかりしろ」

「これぐらい、なんでもない」

と応《こた》え、男はなんとか立とうとしたが、また顔を歪める。

それを見た左近が、侍たちに言った。

「この傷で無理をするでない。権八殿、駕籠《かご》を頼む」

「おう」

応じた権八が、

「茂、行くぜい」

と言って駕籠を呼びに飛び出した。

その背中を見送った左近が、侍たち三人に向き直る。

「見たところ、どこぞのご家来衆のようだが、あのような者たちになぜ襲われる」

「…………」

途端に、三人は目をそらし、押し黙った。

左近は三人に歩み寄った。

「よければ話してみぬか、力になるぞ」

「助けていただいたことは感謝いたす。しかし、これは我が藩のことなれば、いらぬ気遣いは無用だ」

侍がきっぱりと言うと、怪我《けが》をした侍のそばに座る。そして、もう一人の色白の侍を気遣うような仕草を見せている。

怪我をした侍が辛《つら》そうな顔をして言う。

「おれのことはよい。二人で行ってくれ」

「何を申すか、正木《まさき》」

思わず声が出たのだろう。色白の侍は慌《あわ》てて口を閉ざした。若衆髷《わかしゆまげ》に髪を結い、鶯色《うぐいすいろ》の着物に鼠色《ねずみいろ》の袴《はかま》を穿《は》いているが、その声は紛れもなく女であった。

よく見れば、整った顔立ちの美人である。

「ほう、おなごか」

左近が言うと、無傷の侍が刀に手をかけた。

「やめよ、朝倉《あさくら》」

とおなごが言う。

「しかし……」

「そなたが敵《かな》う相手ではあるまい」

「……」

朝倉と呼ばれた侍は、悔しげに左近を見て、刀から手を離した。

「左近の旦那、呼んできやしたぜ」

そこへ、権八が駕籠を連れて戻ってきた。

「事情は訊《き》くまい。だが、怪我の治療は世話をしよう」

左近は言い、怪我人を西川東洋の診療所へ運ばせた。

「ふむ、どうやら筋は切れておらぬな」

淡々《たんたん》と口にする西川東洋の下で、正木と呼ばれた侍は白目をむいて唸っている。

口に手拭《てぬぐ》いを押し込められているので大声は出せぬが、手で直《じか》に斬り口をいじるのだから、たまったものではない。

「これ、少々のことは我慢せぬか。大小を腰に手挟《たばさ》む者がひいひい言うて、みっともない」

と正木を叱《しか》りながら、東洋が道具を取り、連れの二人に指図する。

「これ、そこの若いの二人、これから傷を塞《ふさ》ぐ治療をするでの、動かぬように押さえておれ。あんたはそっち、あんたはこっちじゃ」

朝倉が足を押さえ、男に化けた女は、うつ伏せに寝かされた正木の肩を押さえた。

「これ、聞こえるか。背中を糸で縫い合わせるから痛いぞ。腕を仲間の腰に回して、しがみついておれ。動くでないぞ」

と東洋は言いつつ、釣り針のような形の巨大な針をぶすりと刺し、糸で縫い合わせはじめた。

正木が手拭いを嚙《か》みしめて唸り、肩を押さえる女の腰のあたりにしがみついてもがくものだから、足を押さえる朝倉は気が気ではない。

「わたしがそちらと代わりましょう」

「………」

そう言ったが、女はじっと睨《にら》み、よい、とばかりにかぶりを振った。

左近は奥の部屋に入り、女中のおたえが淹《い》れてくれた茶を飲み、治療がすむのを待っていた。送り届けてすぐに帰ろうとしたのだが、女に、待ってくれと頼まれたのだ。

程なくして、その女が奥の部屋に来た。凜《りん》とした態度で左近の前にひざまずくと、おかげで連れの者の命が助かったと、男の言葉遣いで礼を述べた。

「今は何もできぬが、後日改めて、礼をさせていただく」

「そのようなことは気にせずともよい。それより、今夜泊まるところはあるのか」

「東洋殿のご厚意《こうい》に甘えて、ここに泊めていただく」

「うむ、それがよかろう。しっかり看病してやることだ」

「失礼いたす」

朝倉が声をかけて廊下に片膝をつき、女の耳元で何かを伝えた。

女がうなずくと、朝倉は頭を下げ、次いで左近にも頭を下げると、診療所から出ていった。

「では、おれも帰るとしよう」

安綱をにぎった左近に、女は身体を向け、改めて頭を下げた。

その頃、襲撃した浪人どもの跡をつけていた甲州《こうしゅう》忍者のかえでは、根岸《ねぎし》の林に囲まれた、名も知らぬ荒れ寺の床下に忍び込んでいた。

板一枚を挟んだ上では、逃げ帰った浪人どもが、待ち構えていた何者かに、大目玉を食らっている。

「七人もいて捕らえられぬとは、口先だけの役立たずめが」

「申しわけございませぬ。思わぬ邪魔に入られましたもので」

「言いわけは聞かぬ!」

「ははあ、この次は必ずや、姫を攫います」

「当然じゃ。姫を江戸から出すでないぞ。二度と失敗は許さぬ、よいな」

「はは!」

荒々しく板を踏む音がして、男が外へ出てきた。

袴だけを見ると、身分が高い人物に思える。そして、その男の後ろには、家来が付き添っていた。この男はかなりの遣《つか》い手《て》らしく、かえでは、足音が聞こえなかったことに警戒心を強めた。

その家来がふと立ち止まり、足の向きを変えた。上半身が見えないが、どうやらあたりをうかがっているようだ。

「どうした」

「いえ、気のせいでございましょう」

二人はふたたび歩み出し、寺の外へ出ていった。

「ふう、危ない危ない」

かえでは独りごちると、上にいる連中は放っておいて、黒幕らしき侍たちのあとを追った。

二

「ええ！　棒っ切れで刀を持った侍に立ち向かったのかい」

大声をあげて箸《はし》を止めたのは、およねだ。口を開けて言葉を失っているあいだに、箸でつまんでいた芋《いも》の煮っころがしが、ぽとりと皿の上に落ちた。

話を聞いたお琴も、大きな目をして驚いている。

「権八さん、どうしてそんな危ないことするの」

「そりゃお琴ちゃん、人が斬られそうになってるのを見りゃ、誰だって……」

「馬鹿だよ、お前さんは、そんな危ないことして。左近様がいなけりゃ、今頃はお通夜の最中だったんだよ」

本気で怒るおよねに対し、権八は鼻に皺《しわ》を寄せて、うるさそうな顔をした。

「こうして生きてるんだから、つべこべ言うねい」

「なんだいその言い方、左近様に、弁当を届けておくれと頼んだあたしにも感謝してもらいたいね」

「そのことよ、おい、かかあ」

「なんだい」

「おめえな、左近の旦那がいくら暇《ひま》だからってよ、大工《でえく》の弁当を運ばせるとは何ごとだ。仮にもおめえ、旦那は……」

「……なんだい」

「ええっと、そういやおめえさん、浪人だったたな」

権八がはっきり言うものだから、およねがぺしりと頭をたたいた。

「馬鹿だね、お前さんは」

「てめえ、さっきから馬鹿馬鹿言いやがって」

「馬鹿に馬鹿と言って何が悪いんだよ。世の中にはね、言ってよいことと悪いことがあるんだ。左近様に向かって、浪人だなんて言うもんじゃないよ。ほら見なさいよ、落ち込んじまったじゃないか」

下を向いている左近を見て、権八がすまねえとあやまった。

「おお、あった」

と、左近が顔を上げると、二人はずっこけた。左近は、うっかり落とした芋の煮っころがしがどこに転がったのか捜していたのだ。

隣で見ていたお琴がぷっと吹き出し、手で口を押さえている。

「なんだ？」

「なんでもねえです」

権八は苦笑いを浮かべて、酒をすすめてきた。

近頃左近は、お琴の家で夕餉《ゆうげ》をとるのが日常となっている。およねも権八も、こうして共に食事をすることが多くなっているのは、お琴の人柄に惹《ひ》かれてのことだ。

浅草花川戸《あさくさはなかわど》で三島屋《みしまや》という小間物屋を営むお琴は、権八夫婦とは家族みたいなものだと言い、こうして四人で食事をするのを嬉しく思っているようだ。

「そりゃそうと、なんで二人は一緒にならねえの」

酒を飲んだ権八が、いつもの口癖をはじめた。

「おい、左近、こんなにいい女、日ノ本《ひのもと》中探してもいねえぜ」

「で、あるな」

「そうだろう。だったらおめえ、早いとこ……」

およねが手をたたいて言葉を切った。

「はいはい、目が開いてないよ、お前さん。明日も早いんだから、家に帰って寝るよ」

「……もう食えねえよ」

「何寝ぼけてんだろうね、まったく。それじゃおかみさん、また明日」

「おやすみ、およねさん」

帰りかけたおよねが、

「左近様、ごゆっくり」

意味ありげな笑みを浮かべて言うと、亭主の背中を押して出ていった。

それを見計らったように、表で訪《おとな》う声がした。

「あの声は、隣の亭主だな」

左近が言うと、お琴が潜《くぐ》り戸《ど》を開けて招き入れる。

町人姿の吉田小五郎《よしだこごろう》が、

「悪いね、お琴ちゃん」

と爽《さわ》やかな笑顔で言い、中に入ってきた。すでに奥の部屋から出てきていた左近に、一杯飲みに行こうと誘う。

「ではお琴、今宵《こよい》はこのまま、谷中に帰る。戸締まりを忘れずにな」

「はい」

お琴の見送りを受けて、二人は夜道に歩み出た。

左近と歩く吉田小五郎は、お琴の店の隣で女房のかえでと煮売り屋を営む亭主ということになっていて、こうして縞柄《しまがら》の着物を着て歩いていると、町人にしか見えない。

だが、実態は、甲州忍者を束《たば》ねる頭目である。配下のかえでと共に、左近を警《けい》固《ご》しているのだ。

「昼間の浪人どもですが、かえでの報告では、裏で糸を引く者がおりました」

「やはり、ただの物取りではなかったか」

「はい」

「して、何者が糸を引いている」

「かえでが跡をつけましたところ、甲斐《かい》一万三千石徳日《とくび》藩《はん》の上屋敷に入ったと」

「徳日藩と申せば、おれの国許《くにもと》に近いのう」

「はい」

「れっきとした藩の者が、浪人者を使って何をするつもりだったか」

「かえでによりますと、奴らは、姫を攫う、と申していたと」

「何、姫だと？」

「心当たりがおありで」

「今日助けた者たちの中に、男装をした女がいたのだ」

「その者を、攫おうとしていたのでしょう」

「何か、よからぬことが起きているようだな。ちと、事情を訊いてみるか」

「その者たちの居場所をご存じで」

「うむ、東洋のところで治療を受け、そのまま泊まっておるのだ」

「では、お供いたしまする」

西川東洋の診療所は、まだ開いていた。

できるだけ多くの人を診《み》てやるために、夜は六つ半（午後七時頃）まで門を開けているのだ。

東洋は、女中と助手をこなすおたえがこしらえた、切り干し大根と油揚《あぶらあ》げの煮物で夕餉をすませ、書き物をしているところであった。

泊めている二人の若者は、別室で夕餉をとっている最中であるが、

「一人はどうも、おなごのような……」

ふと言葉を発して、東洋は筆を止めた。

「先生、今何かおっしゃいましたか」

茶を持ってきたおたえが訊くので、東洋は禿頭《とくとう》をなでながら、なんでもないと答え、筆を置いた。

診察台の横に灯《とも》した蠟燭《ろうそく》の火が揺らめき、

「ごめん」

人の声が、表でした。

おたえが応対に出て、戻ってくる。

「先生、腹痛を訴えるお方がお見えです。いかがなさいますか」

「………」

おたえが、いかがなさいますかと訊く時は、怪《あや》しい輩《やから》だと、知らせている。

東洋は目顔で、怪我人が寝ている奥の部屋の襖《ふすま》を閉めるよう伝えると、

「どれ、わしが出よう」

と言って、表に出た。

入口の明かりの下に、町人風の男が二人待っており、一人は肩を借りて、腹を押さえていた。

「いかがなされた」

「こいつが、急に腹が痛いと言い出しまして」

「ほうほう」

東洋は、顔色をうかがった。

「うう、痛《い》てて」

「先生、助けてやってくんない」

「ふむ、何か悪い物でも食べたかな」

「それが、わからねえんで……うう」

男は唸り、歯を食いしばる。

「では、中に入られよ」

「すまねえ」

男たちを中に入れると、病人は診察台に寝るよう指示した。

東洋は燭台《しょくだい》を近づけて、もう一度、顔色をうかがう。

病人は目をつむり、

「痛てて」

と、声を出す。もう一人は、しきりに目を動かして様子をうかがっている。

東洋が顔を上げて、

「なんぞ、捜し物か」

そう訊くと、男がぎろりと睨んできた。突然、懐《ふところ》から匕首《あいくち》を抜き、

「昼間に担《かつ》ぎ込まれた者はどこにおる」

そう言った時には、東洋の喉元《のどもと》に、冷たい刃が当てられていた。診察台の男が、下から胸ぐらをつかんで睨んでいる。

「嘘《うそ》をつくとためにならぬぞ」

「…………」

「奥へ案内いたせ」

東洋は無言で、うなずいた。

言われたとおり奥の部屋に行くと、廊下に明かりが漏れる部屋の前に立ち、男が障子を開け放った。

「きゃあ！」

縫い物をしていたおたえが、目を丸くして驚いている。

ちっと舌打ちをした男が、その隣の襖を開けて、中を確認した。

「部屋はこれだけか」

「あとは、わしの部屋が奥にあるのみじゃ」

東洋が言うと男は廊下に出て、隣の障子を開け放った。

「くそ、逃げたか」

「逃げるも何も、この診療所には二人しかおらぬ」

「嘘を申すな。昼間来た三人のうち、二人出ておらぬのは知っているのだぞ。どこに隠した、言え！」

「そう申されてもな、他に部屋はござらぬ」

「おのれ！」

東洋を捕まえている男が、

「おい、女の着物を剝《は》ぎ取れ」

そう命じると、男が逃げるおたえを捕まえ、帯に手をかけた。

「誰か！」

おたえが悲鳴をあげるが、容赦《ようしゃ》なく帯を解く。

「やめぬか、馬鹿者！」

「やめてほしければ言え！」

「わらわはここにおる！」

庭から声がして、あの若衆髷の女が現れた。

「なぜ出るのだ」

と言い、東洋が口惜《くちお》しげに唇《くちびる》を噛みしめる。

「関わりのないそなたたちに迷惑はかけられぬ。さあ、わらわをどこにでも連れてゆくがよい。そのかわり、この者たちに危害を加えることは許さぬ」

「ふん、困ったお姫様だ。初めからいらぬことをせねば、この者たちは死なずにすんだものを」

「なんと申す」

姫は瞠目《どうもく》した。

「このことが世に知られたら、まずいですからな」

やれ、と男が命じると、おたえの胸をひと突きせんと、命じられた男が匕首を振り上げた。

さったからだ。

「ぎゃあ」

と、男が悲鳴をあげて匕首を落としたのは、その腕に、深々と手裏剣が突き刺さったからだ。

「何や——」

東洋を捕まえていた男が、後頭部に手刀《しゅとう》を入れられて気絶した。

「甲……」

東洋が甲州様と言いかけて、慌てて言いなおした。

「こう、これは、新見様。危ういところをお助けくださり、ありがとうございます」

つるぴか頭で手を合わせられると、坊様のように見える。

小五郎が素早く奥に入り、匕首を拾おうとした男の手を踏みつけた。

「くっ、くそ」

抵抗する男を押さえつけ、耳元でささやく。

「おい、貴様の腕に刺さっている得物《えもの》には毒が塗ってあるぞ。この毒消しを飲まねば、肉が腐って落ちるが、それでもよいか」

男が目を見張り、途端におとなしくなったかと思うや、喉の奥から不気味な声を出した。

「しまった！」

舌を嚙み切った男は、口から血を流して絶命している。

気絶している男を縛り上げ、口に猿ぐつわを嵌《は》めたが、尋問《じんもん》のためにはずせば、同じように舌を嚙むに違いない。

「この者に見覚えがあるのか」

左近が若衆髷の女に訊くと、女は知らぬと一言答え、口を引き締めた。

「ならば、このまま奉行所に引き渡すしかあるまい。小五郎殿……」

左近の正体を知らぬおたえがいるので、小五郎を煮売り屋の亭主として扱った。

「……すまぬが、番屋《ばんや》に届けてくれ」

「へい、すぐ呼んできやす」

調子を合わせた小五郎が走り出ると、東洋が言った。

「ここは、危のうござるな。姫様、すぐよそに行かれたほうがいい」

「どこぞの姫であったか」

左近が改めて訊くが、女は、

「知らぬ」

と言い、顔を背《そむ》けた。

だが、これ以上、この診療所に迷惑をかけてはならぬと思ったか、

「すぐに出ていくゆえ、心配いたすな」

そう言い、怪我人のところへ戻った。

東洋が咄嗟《とっさ》に隠れさせていたのは、裏庭の小さな物置だ。そこに腰かけていた
正木に肩を貸し、姫が戻ってきた。

「世話になった。治療代は後日届けるゆえ、安堵《あんど》いたせ」

「まあ待て」

左近が呼び止めると、姫は素直に立ち止まった。

「どこへ行くのか知らぬが、そんな怪我人を連れておったのでは、追っ手から逃げ切れぬぞ」

「…………」

「おれの屋敷なら安全と思うが、どうだ」

「しかし……」

「迷惑ではないぞ。寺で助けたのも何かの縁だ。その者の傷が癒《い》えるまで、隠れておればよいではないか」

「わ、わたしなら、大丈夫でございます」

正木が苦しそうに口を挟む。

「大丈夫なわけないではないか」

応えた姫はしばし考えたあとに、

「どこじゃ、案内いたせ」

と、居丈高《いたけだか》な態度で言った。

「案内いたそう」

左近は笑みを浮かべ、東洋の診療所を出ると、二人を連れて谷中のぼろ屋敷へ帰った。

三

囲炉裏《いろり》の炭が赤々と燃えて、鉄鍋《てつなべ》が湯気を上げている。

湯に浸《つ》けたちろりを取り出した左近は、横で押し黙ったままの姫に杯《さかずき》をすすめた。

いらぬと首を振る姫は、こうして見ると、左近と同じほどの歳だろうか。態度にごまかされて年上と思うていたが、表情に幼《おさな》さがある。

自分とて、態度や言葉遣いで歳をごまかしているが――。

そう、思いつつ、左近は静かに杯を満たして口に運んだ。ふと、障子の外に気配を感じて、手を止める。

「小五郎か」

「はい」

左近は杯を置くと、廊下に出た。暗闇の中に、片膝をつく人影がある。

「曲者《くせもの》は、先ほど奉行所に引き渡してございます」

「うむ」

「態度といい、足の運びといい、侍のように思われますが」

「おそらくそうであろう。身分を隠すために、やくざ者に化けているのだ」

「同心《どうしん》の宗形《むなかた》殿には、東洋先生が物取りの仕業《しわざ》だと、うまく伝えてくださりました」

「して、診療所の様子はどうだ」

「見張りらしき影はございませぬが、念のため、手の者を警固につかせております」

「そうか。ま、上がれ。ちょうど酒が温まったところだ」

「はは」

小五郎が囲炉裏端に座るのを見て、姫が口を開いた。

「この者が町人というのは、嘘ですね」

言われて、小五郎はとぼけるように苦笑いを浮かべると、首の後ろをなでた。

姫が左近を見る。

「そして、この者を使うそなたは……何者」

「ただの、浪人だ」

左近が言うと、姫は厳しい目をした。

「正直に申せ」

「はは、これは困った」

左近はさらりと受け流すと、小五郎に酒を注いだ。

「それより、なぜ命を狙われるのだ」

「知らぬ」

「ことによっては、力になるぞ」

「知らぬと申しておる。しつこく訊くのであれば、ここを去る」

「おい、無礼であろう。この方を――」

「小五郎」

左近が止めると、小五郎はおもしろくなさそうな顔をして、杯を呷《あお》った。

「言いたくなければ、これ以上は訊くまい。連れの者の傷が癒えるまで、ここへ隠れていても構わぬ。そう硬くならず、ゆるりとくつろぐがよい」

「…………」

「これからは、この者と酒を飲みながら世間話をするが、聞き流してくれ」

「…………」

姫が視線を下げた。

「小五郎」

「はい」

「寺で、権八殿が持っていた材木を斬った浪人どもは、どこへ逃げたのだ」

「荒れ寺を、根城《ねじろ》にしております」

「では、明日行って、材木代を弁償してもらわねばならぬな」

「はあ？」

「そうであろう？　大事な材木を使えなくしたのだから」

左近の目顔を見て、合点《がてん》がいった小五郎が、

「ええ、そうですとも。ふんだくってやりましょう。ああ、そうだ」

と、棒読みで言うものだから、下手《へた》な芝居は見え見えだが、身分が高そうな侍が裏で糸を引き、さる大名家の屋敷に帰っていったと言ったところで、姫の顔色が変わった。

左近がちらと見て、芝居を続ける。

「ほう、裏に大名家の者がいるとなると、ますますおもしろい。浪人どもを懲《こ》らしめたら、大名家にも顔を出してみるか」

「……何を申せというのだ」

姫が会話を止めるように、口を挟んできた。

「うむ?」

「わたくしが命を狙われたわけを知りたいと申したな」

「話す気になったか」

「聞けば、そなたたちを巻き込むことになるが」

「すでに、巻き込まれておる」

「命を落とすやもしれぬぞ」

「おもしろい」

呆《あき》れた姫が、ふと表情を和《やわ》らげた。

「わたくしが話すまでもなく、そなたたちはすでに、何か知っているのでしょう」

「いや」

「嘘を申すな」

「知っていることは、先ほど世間話をした。それともうひとつ、そなたが、甲斐一万三千石徳日藩にゆかりある者ではないかと思うている」

「…………」

姫は動揺し、目をそらした。

左近が問う。

「藩内で何か騒動が起きたから、逃げたのであろう」

「それは……」

違うと心細げに言い、大きな目を泳がせ、桜色の唇を引き締めている。

「伊丹大隅守《いたみおおすみのかみ》に、何かあったのか」

左近の言い方に、姫は驚いた顔で言う。

「殿をそのように呼ぶとは、そなた、やはりただ者ではあるまい」

「浪人者じゃ。それより、今殿と申したが、やはり徳日藩の者か」

「………」

「このお方が力になってくださる。胸に秘めたことを話してみてはいかがか」

優しく言う小五郎をちらりと見て、姫は左近に視線を向けてきた。

「………」

言葉が喉まで出ているようだが、どうしようか迷っている。

「姫、こうなっては、この方々におすがりするしかございませぬぞ」

言われて姫が振り返った。隣の部屋で寝ていた正木が、這《は》って出てきている。

「正木……何を申すのじゃ」

「姫……」

正木が呻き、苦痛に顔を歪めた。

「無理をするでない。背中の傷が開くぞ」

布団に戻らせようと左近が手を伸ばすと、正木がその手をにぎった。必死の形相《ぎょうそう》で、見上げてくる。

「どうか、姫をお助けくだされ」

「落ち着きなさい」

左近は手を離し、小五郎に手伝わせて布団にうつ伏せに寝かせた。

かたじけないと言う正木の顔の前に座り、

「何が起きているか、教えてくれるな」

と、左近は改めて訊いた。

「このお方は、我が殿、徳日藩主伊丹大隅守勝昌《かつまさ》の妹君、如々姫《じよじよひめ》にござります」

「なんと」

左近は、驚きの目で姫を見た。

小五郎も瞠目し、口を開く。

「如々姫様と申せば、絶世の美女で有名な、あの、如々姫にござるか」

「さよう、今はこのような格好をされておりますが、大名家から嫁に欲しいと引く手数多《あまた》にございます」

「なるほど、そうでござろうな」

小五郎が言うと、如々姫は顔を背けた。

「正木、そのようなこと、今はどうでもよいことじゃ」

「これは、失礼」

正木が優しく微笑《ほほえ》み、すぐに真顔となって話を続けた。

「姫様は、我が藩内に渦巻《うずま》く謀略を知ってしまわれ、命の危険にさらされております。今日あの寺に行きましたのは、密かに今戸の中屋敷を抜け出し、変装して、殿がおわす国許へ逃げようとしていたのでございます」

「そこを、奴らに見つかったということか」

「どうやら、見張りの目がついておったようです。姫をお守りせねばならぬ身が、このように無様なことに……我ながら、情けのうございます」

「何を言うのです、正木」

「そちは立派に闘っておったぞ」

如々姫と左近に言われ、正木は目尻からこぼれる滴《しずく》を慌てて拭った。

「その陰謀とはなんだ」

左近が訊くと、正木は一瞬ためらったが、意を決した様子で口を開いた。

「我が殿の、暗殺をくわだてる者がおりまする」

「暗殺……とな。姫は、それを知ってしまわれたか」

「はい」

如々姫がうなずいた。

「我が甥《おい》、芳志丸《ほうしまる》の顔を見に上屋敷へまいった折に、よからぬ相談をする声を聞いたのです。すぐにその場から離れたので、誰にも気づかれてはおるまいと思うたのですが、中屋敷に戻ったあと、夕餉の膳《ぜん》を毒見した侍女《じじょ》が、命を落としました」

それが、昨夜のことだという。

「どうやら、首謀者《しゅぼうしゃ》は身分ある者のようだな」

「江戸家老、牧野長弘《まきのながひろ》と、その取り巻きです」

「ふむ、家老がのう。して、姫は上屋敷で何を聞かれたのだ」

「牧野は、兄を亡き者にして、藩を意のままにしようとたくらんでおります」

「それはまた、大それたことを。戦国の世ならそれもあろうが、徳川の世の下《もと》で下克上《げこくじょう》などあり得ぬことだ。即刻、お家お取り潰しになるぞ」

「そうではないのです」

如々姫が否定した。

「牧野の狙いは藩主の座ではなく、領内にある山が目的」

「何、山だと」

「はい。黒山《くろやま》というその山は、良質の木材が採《と》れ、多くの領民が、その恵みによって暮らしを立てております。牧野は以前から、山の採《と》れ高《だか》を上げるよう兄に進言しておりましたが、伐採《ばっさい》を進めるとあとの者が困ると、兄がそれを許さないのです」

如々姫に続き、正木が補足するように言葉を付け加えた。

「牧野は、殿を江戸屋敷内で暗殺して病死と届け、幼き芳志丸様を跡目に据《す》え、藩政を思いのままにするばかりでなく、黒山が産み出す財を手に入れようとたくらんでいるのです」

「なるほど」

「わたくしは、そのことを兄に知らせなければなりませぬ。新見殿、礼はいくらでもいたしますゆえ、どうか、徳日へ逃がしていただけませぬか」

「承知した。必ず、勝昌殿に会わせよう。だが、今は牧野の手の者が網《あみ》を張っておるだろうから、動かぬほうがよい」

「それでは、兄が江戸に来てしまいます」

「次の参勤交代《さんきんこうたい》はいつだ」

「予定は来月のはず。ですが、ご公儀から急の呼び出しがあり、江戸入りが早まるとも聞いております。昼に診療所をあとにした朝倉彦四郎《ひこしろう》が調べに走っておりますが、すでに国許を出立《しゅったつ》しているかもしれませぬ」

「では、その朝倉殿の帰りを待とう」

「ここが、わかりましょうか」

「東洋のところに戻れば、知らせるように申しておこう」

「では、それがしが伝えてまいります」

小五郎が言い、その場を去ろうとした。

「表まで送ろう」

左近は小五郎のあとについて外に出ると、ひんやりとした夜の空気を吸い、

「どうも、解《げ》せぬな」

と、吐き捨てるように言った。

「あれほど拒《こば》んでおったのに、なぜ急にべらべらとしゃべったのだ」

「何かを隠そうとしていると？」

「良質の木材が採れるとは申せ、黒山ひとつが産み出す財は、藩主を暗殺してまで欲しい額とは思えぬ」

「確かに」

「徳日藩のことを調べてくれ」

「御意《ぎょい》」

小五郎は、音もなく走り去った。

中に戻ると、如々姫は囲炉裏端で待っている。背筋をぴんと伸ばして正座し、じっと火を見つめて、何かを考えているようだ。

「ここは、小五郎の配下が守っておる。安心して休まれよ」

左近は、姫を奥の部屋に案内した。囲炉裏端に戻ると、冷めた酒を飲み、板の間に横になる。

家老に裏切られた者の気持ちを思うと、なかなか眠れない。勝昌が事実を知れば、さぞ辛い思いをするだろう。

自分も命を狙われる身であることなどすっかり忘れたように、左近は、徳日藩の行く末のことばかりを考えていた。

四

数日後の夜——。

赤坂御門内《あかさかごもんない》にある徳日藩上屋敷では、家来から報告を受けた家老の牧野長弘が、鋭い目をしてその者を睨み、もう一度訊きなおした。

「如々姫が町医者のところにおらぬだと」

「はい、刺客がしくじったことで、どこぞに逃げたようです」

「その刺客のことだが、奉行所に突き出された者はどうなっておる。町奉行とは申せ、ことが知れたら面倒だぞ」

「そちらは心配ご無用。我が藩の者は自害いたしましたし、捕らえられたほうは金で雇った浪人者ですので、我らのことは何も知りませぬ。それに、町医者が物取りの仕業と、届けを出したようにございます」

「その医者は、なんらかの事情を知ったうえで、そのような届けを出したのやもしれぬな」

「御意《ぎょい》」

「なぜ始末せんのだ！」

怒鳴られた家来は、怯《おび》えたように畳に額《ひたい》を擦《こす》りつけ、

「忍びと思われる者どもによって、屋敷が固く守られておりまする。攻め入るは簡単ですが、周囲に大名の上屋敷が多く、騒ぎになっては面倒かと」

と声を震わせて言った。

「何者でしょうか」

牧野の下座に控えていた側近の侍が、脂《あぶら》ぎった顔を向けて不安げに言う。

牧野はそれには答えずに、角ばった顎を別の人物に向けた。

「野村《のむら》、あの者は、なんと申しておる」

「わかりかねると……ただ」

「なんじゃ」

「医者の素性《すじょう》を調べましたところ、とんでもないことが……」

「申せ」

「……上野《うえの》の医者は、甲府藩の御殿医」

「何、甲府藩じゃと！」

牧野の顔色が途端に変わった。

「よりによって、次期将軍と噂《うわさ》される甲州様お抱えの医者のもとに、逃げ込んだと申すか」

「はい。忍びは、ふたたび刺客が来ると察しての、警固ではないかと」

「姫がおらぬのにか」

「口止めを警戒してのことならば、姫が何かしら話しておるやもしれませぬ」

「うむ、ありうることじゃ。まさか姫は、甲府藩邸におるのではあるまいな」

牧野が言うと、その場が騒然となった。

「しかし、甲州様はご病気のはず。しかも、お世継ぎのことで今は大事な時。藩の者が、厄介《やっかい》ごとを抱えた者を受け入れますでしょうか」

野村が言うと、それもそうだと、牧野は落ち着きを取り戻した。

「先日、寺で如々姫様を襲わせた時、邪魔に入った浪人者がおりますが、こちらのほうが気になります。上野の医者のもとに姫たちを連れ込んだのも、この者の指図ではないかと」

「その浪人が、匿《かくま》っていると申すか」

「あの者に探らせます」

「うむ、急げ」

「ご家老」

脂ぎった顔の側近が進言した。

「もしやその浪人は、公儀の者では」

「大目付《おおめつけ》の配下と申すか」

「ならば、厄介なことに」

「ふふ、あははは」

牧野が余裕ありげに笑うので、側近が目を丸くしている。

「案ずるな。我らには黒山がある。公儀の犬が嗅《か》ぎ回っても、飼い主が動かねば何も変わらぬのだ。ようは、何ごとも金次第ということよ。のう、野村」

「はい」

「黒山を我らの支配下に置くためにも、殿には消えてもらわねばならん」

「まことに……」

「早く掘ってみたいですな。山吹色《やまぶきいろ》の土を……」

「これ、声が大きいぞ、遠藤《えんどう》」

「ははあ」

「我らのくわだてが殿の耳に入れば、すべてが水の泡。よいか、これから死ぬまで好き勝手して暮らしたければ、必ず姫を始末するのだ」

「はは、必ずや」

「そのことですが……」

と、野村が膝を進め、牧野に何ごとかを耳打ちした。途端に、牧野が不気味な笑みを浮かべる。

「なるほど、それは妙案じゃ。殿には急ぎ、江戸に来ていただこう」

「では、そのように手配をいたします」

下座に控えていた侍が静かに立ち上がり、長押《なげし》から槍《やり》を取ると、鋭い目を天井に向けた。

「むん！」

天井を突き刺すや、すぐさま引き抜き、穂先《ほさき》を見る。

家来の行動に野村が目を丸くした。

「どうした、曲者か」

「いえ、気のせいにござりました」

「念のため、屋敷の周囲に不審な者がおらぬか調べろ」

「はは」

命じられた家来は、さっそく屋敷の周りを調べるべく、その場をあとにした。


次の朝――。

新見左近は、ぼろ屋敷の庭先に現れたかえでから報告を受けていた。

「やはり、寺の浪人どもを操《あやつ》っていたのは、家老であったか」

「このくわだてには、江戸家老の牧野長弘、側近の遠藤孝道《たかみち》、同じく野村往忠《ゆきただ》、他にも四、五名おりましたが、名前までは……。さらに、大目付らしき者が与《くみ》しているようなことを申しておりました」

「はい。側近の一人が殿を大目付の配下と疑いましたところ、犬が嗅ぎ回っても、飼い主が動かねば何も変わらぬ、と」

「何、大目付だと」

「大目付は四名おるが、いずれも、ひとかどの人物だと聞いている」

にわかには信じられぬと左近は言い、信用できる大岡佐渡守《おおおかさどのかみ》に訊いてみようと考えたが、病気療養中と偽《いつわ》る自分が大目付の前に出られるはずもなく、その考えはすぐに消し去った。

「それにしても、山吹色の土とは、なんのことであろうな」

「黒山を手に入れたら好き勝手に生きられるとも、申しておりました」

「金《きん》、か」

「金？」

左近はうなずいた。

「黒山を欲《ほっ》するは良質の木材が目的ではないのかもしれぬな」

「調べてみますか」

「いや、かえでは江戸城に忍び込み、牧野に与する大目付が誰であるかを探れ」

「かしこまりました。黒山はどうされますか――」

話の途中でかえでが人の気配を察知し、消えるように去った。

「あれ、左近様お一人ですか」

およねが桶《おけ》を抱えて庭に出てきた。姫を匿ったものの食事の支度に困り、左近がおよねに頼んで来てもらっているのだ。

井戸の水を汲《く》もうとしたので手伝ってやると、

「お隣のおかみさんの声がしたと思ったんだけど、気のせいだったかねぇ」

「煮売り屋の女房殿が、この屋敷に来るわけがないだろう」

それもそうだと笑いながらも、およねが言った。

「でも、様子が変ですよう」

「うん？」

「お隣のことです。ここんところ、店を閉めているんですから」

「伊勢参《いせまい》りにでも、出かけておるのでは」

「それだったらいいんですけどね。急なことだから、おかみさんも心配しちゃって」

「お琴が、何を心配しているのだ」

「夫婦別れしたんじゃないかって」

左近は笑った。

「心配せずとも、そのうち帰ってくるであろう」

「心配といえば、左近様もです」

「うん？」

「おかみさんのところに顔を見せないと思ったら、飯を作りに来い、だなんて言うでしょう。それで来てみたら、お屋敷に怪我人がいるんだもの、びっくりしましたよ」

「すまぬな」

勘がいいおよねをごまかすのは、緊張して喉が渇く。左近は桶の水を柄杓《ひしゃく》ですくって飲んだ。

「でもまあ、おなごがいなかったから安心しましたけど」

聞いた左近は思わず水を噴き出してしまい、およねの顔にかかった。

「すまぬ」

慌てて手拭いで拭《ふ》いてやると、布の奥からじっとりとした疑いの目を向けられたので、左近は、うははと笑ってごまかした。

くすくす笑う声がしたので左近とおよねが見ると、如々姫が庭に出てきていた。

「あら、お目覚めですか。すぐご飯にしますからね」

およねは言うと、台所に戻った。

「あの者とは、仲がよろしいのですね」

「ああ。共にいるところが和《なご》むのだ」

「お琴と申すおなごとは、恋仲なのですか」

「聞いておったか」

「聞こえたのです」

如々姫はすねたように言うと背を返して、中に入っていった。

化粧をせずに男物の着物を着ていると、如々姫は男女の区別がつかない。絶世の美女と噂される姫だけに、肌の色も白く、顔立ちがよい。精悍《せいかん》な目つき、とも言える眼差しと髪形が、姫を男に変えているのだ。声もわざと低くすることに慣れてきたようだ。

若衆髷に結えるようになっているのは、寺で男装する時に、長い髪を切ったからだ。

藩の一大事を救うためとはいえ、女にとって髪は命より大事な物。よほどの決心がなければ、できぬことであろう。

「左近様、支度が整いましたよ」

およねに呼ばれて、左近も中に入った。

今朝の囲炉裏端には、正木もいた。まだ正座はできぬし、身体も斜めになっているが、起きて座れるほどに、傷の痛みが和らいでいるらしい。

左近は膳をのぞき込み、

「お、今朝はおよね特製の鯵《あじ》の開きか、旨《うま》そうだ」

と言って、箸を取った。

「あたしは焼いただけですよ。もう、うちの亭主みたいなことお言いでないよ。あら、傷が痛むのかい」

およねが気遣うと、

「いえ、その、背中がかゆくて」

正木は苦笑いで答えた。

「傷が治っている証拠だね。かゆくても触ったらだめだよ、治りが悪くなるからね」

「はい」

およねの迫力の前では、正木もたじたじである。

また、如々姫がくすりと笑った。

「ほんとに可愛らしい若殿だねえ。おかわりしないと、大きくなれないよ」

およねは如々姫のことを、男にしては背が低いと思っているのだ。

姫は姫で、すすめられるまま飯を三杯もおかわりして、正木を瞠目させていた。

朝餉をすませた頃に、表で訪う声がした。

「あら、東洋先生だね」

およねが迎えに出て戻ると、

「左近様、お客様が一緒ですよ」

そう告げるあいだにも、東洋は遠慮なく上がっていた。その後ろには、若い侍もいる。

「お仲間を、案内してきましたぞ」

「ただ今戻りました」

若い侍が、如々姫と左近に頭を下げた。

「おお、彦四郎、戻ったか」

正木がほっとして言うと、朝倉彦四郎はまず傷の具合を訊き、次いで如々姫の前にひざまずいた。

如々姫は、およねが立ち去るのを待って、口を開く。

「兄上のまいられる日がわかったのだな」

「はい」

「して、いつじゃ」

「殿はすでに国許を発《た》たれ、明後日《あさって》には八王子宿《はちおうじしゅく》に入られます」

「何！」

正木が驚きの声をあげた。

「すまぬ。調べに手間取ったのだ」

朝倉が詫《わ》び、如々姫に目を戻した。

「牧野の手の者は、殿をお迎えする支度をするため、上屋敷に戻っております。もはや、上屋敷に入り込む隙《すき》はございませぬ。今日にもここを発ち、八王子宿で殿をお迎えする他に、危急をお知らせする手はないかと」

如々姫はうなずき、目を転じた。

「東洋先生、正木の傷は、どうでございますか」

「うむ、今日はな、糸を抜きにまいったのだ。どれ、診せてみよ」

東洋は正木の背中を眺めて、安堵の息をつく。

「もう、大丈夫のようじゃな。糸を抜くので、うつ伏せになられよ」

東洋の言葉を聞いた如々姫がうなずき、朝倉と正木の二人に告げる。

「では、治療が終わり次第、出ましょう」

「はは」

如々姫は、左近に身体を向けると、目を伏せ気味にして、

「新見様、お世話になりました」

と、しおらしく言う。

ここ数日、同じ屋根の下に暮らしただけだが、姫のそんな態度に、正木は何かこころの変化を感じていたのか、

「姫、ことがすめば、新見殿とはまたお会いできますぞ」

などと言うものだから、東洋が手元を狂わせて、糸ではなく皮を切った。

「痛ぁ！」

悲鳴をあげた正木の頭を、いらぬことを申すなとばかりに、東洋が押さえ込む。

「しかし、正木と二人では、少々不安じゃ」

朝倉が、改めて左近に助太刀《すけだち》を乞《こ》うた。

「小判五十、いや、百両でどうだ」

「そのような物はいらぬ」

「では、助太刀は断ると」

「いや、同道させていただく」

如々姫はぱっと表情を明るくして、左近を見た。朝倉が喜び、

「ありがたい。おぬしほど腕の立つ者がいてくれたら、怖いものなしだ。姫、我らが勝ったも同然。殿のお命は安泰《あんたい》ですぞ」

と、声をはずませている。

「姫、ことがうまくいけば、殿に新見殿を推挙しようと思いますが」

頭を押さえられている正木がもごもごと言い、また、

「痛ぁ！」

と、悲鳴をあげた。

五

四人が谷中のぼろ屋敷を発ったのは、それから一刻（約二時間）ほどしてからだ。

左近の計らいで駕籠を二つ雇い、如々姫と正木を乗せると、朝倉と二人で警固しながら、八王子を目指した。

高井戸宿《たかいどしゅく》を抜けて、甲州街道《こうしゅうかいどう》を進むあいだ、左近は常に気を配り、あたりの様子をうかがった。

今のところ、跡をつける者はいない。

上布田宿《かみふだのしゅく》に入った頃には日が西に傾《かたむ》きかけていたが、八王子にできるだけ近づきたいというので、府中《ふちゅう》まで足を延ばした。

府中宿に到着した時にはすっかり日が落ちていたが、甲州街道と鎌倉街道《かまくらかいどう》が交《まじ》わる交通の要衝《ようしょう》だけに、宿場はにぎわっていた。

左近も如々姫も、本来なら本陣《ほんじん》に宿泊する身分であるが、今は浪人者と、旅の武家男の身なりだ。空いている宿を適当に選んで、草鞋《わらじ》を脱いだ。

半日以上も駕籠に揺られた正木は、さすがに傷が痛むのか、早々に布団を敷いてもらい、うつ伏せになった。

「姫、いよいよ明日は、殿にお会いできます」

痛みをこらえながら、牧野の横暴も明日で終わりだと、正木が言った。

「皆には世話になりました」

「まだ気を抜いてはなりませぬぞ。こうしているあいだにも、追っ手が迫っているかもしれませぬ」

朝倉が厳しい顔で言い、障子を開けて、二階から通りの様子を探った。

「明日は暗いうちに発ち、一気に八王子の本陣へ行きましょう」

女中が用意した夕餉を早々にすませ、如々姫は奥の部屋に入った。

左近は他の二名と布団を並べ、交代で警固をすることを決めた。

まずは左近が警固をすることになり、出入り口に近いところに座ると、背後の障子を少しだけ開けて、外の様子をうかがった。

宿場といっても田舎町《いなかまち》の夜は早く、外を出歩く者はいない。

この甲州街道の先には、藩領の甲府がある。

父、徳川綱重公の跡を継ぐべく根津《ねづ》の上屋敷に入って以来、甲府には一度も帰っていない。我が領内を見回ってみたいと思いながら、左近が街道を見つめていた時、背後から声をかけられた。

「新見殿は、あの屋敷にはいつから住んでおられるのだ」

朝倉は、布団に入っても眠れないらしい。

左近は肩にもたせかけた安綱の柄《つか》を見ながら言った。

「あのぼろ屋敷は、父から受け継いだ物だが」

「では、どこにも仕《つか》えたことがないのか」

「仕官は、したことがない」

「生まれながらの浪人というやつか」

「まあ、そんなところだ」

「では、なぜ忍びを使う」

「うん？」

「いや、おぬしが忍びを使っていると、姫から聞いたのだ」

「あれは、確かに忍びだが、今は誰にも仕えておらぬ。おれとは、ただの友だ」

「さようか」

「その者が、藩主と姫の命を狙う家老の周辺を探ったのだが、黒山には、山吹色の土があるのか」

「……さあ、知らぬな」

部屋が暗いので表情は見えぬが、朝倉の声は、いささか動揺の色を帯《お》びている。

「その土が、どうしたのだ」

「皆目《かいもく》わからぬから、こうして訊いたのだ」

「あの山は、よい木材が採れるので金を産む。山吹色とは、そのことであろう」

「なるほど。そのようなことを、姫と正木殿も申していたな」

「さ、そろそろ替わろうか。家中の者でもないおぬしに、寝ずの番をさせるのは心苦しい」

「では、横になろう」

「ああ、敵が攻めてきたら、よろしく頼むぞ。おぬしの腕にくらべたら、それがしなど赤子同然だからな」

「心配はいらぬ。おれは寝ていても、殺気を感じると目がさめるのだ」

「まことか」

「…………」

左近は安綱を抱くようにして、布団に横になった。

朝倉は化け物でも見るような目をして、ごくりと喉を鳴らした。

その夜は何ごともなく朝を迎え、窓の障子を開けた左近は、朝靄《あさもや》に煙《けぶ》る宿場の空気を吸い込んだ。足下では、警固をすると張り切っていた朝倉が、刀を抱いて横になり、熟睡している。

左近はふっと笑い、人の気配に気づいて視線を上げた。

奥の部屋から如々姫が出てくると、外に誘うような目顔を向けて、先に出ていった。

下に降りると、姫は庭に誘い、神妙な面《おも》持ちで向き合った。

「いよいよ、今日は兄にお会いしますが、その前に、左近様にはお話ししておきます」

「聞こう」

「黒山には、かなりの量が採れそうな金の鉱脈があるのです」

「なんと、では、山吹色の土とは、やはり金のことであったか」

「はい。二年前にたまたま山師《やまし》が発見したのですが、兄はこのことを公《おおやけ》にせず、鉱脈はなかったものとしたのです」

金山は幕府が専有を図っている。たとえ藩の領内に鉱脈があるとしても、優良な鉱脈であれば、自由に掘ることは許されない。

「黒山の木材を守るためか」

「はい。もし、この山に金があると知れたら、ただちに幕府直轄領《ちょっかつりょう》となり、木材の伐《き》り出しが自由にできなくなる。そうなれば、山の民は生きていけぬ。兄はそう申して、黒山の金を封印したのです。そこに目をつけたのでしょう。兄を暗殺して病死と届け、幼い芳志丸を世継ぎに据えて藩政を我が物とし、密かに金を掘り出そうとしているのです」

「なるほど、それで大目付が一枚嚙んだか」

「今なんと」

「いや、こちらのことだ。それより、そのような大事なことを、よくおれに話してくれたな」

「ここ数日共に過ごして、左近様が悪いお方でないことがわかりましたから」

如々姫は目を伏せた。

「昨日、正木が申したことですが」

「うん？」

「このことが終われば、わたくしは中屋敷に戻ります。共に、屋敷へ来てはくださりませぬか」

「浪人者にとって仕官の誘いはありがたいことだが、こたびは遠慮いたす」

「家来としてではなくと申したら……」

「………」

「いえ……先日の寺のように、わたくしを守ってくださりませぬか」

「姫のお気持ちは嬉しいが……」

「あの、お琴とか申すおなごですか」

「まあ、いろいろと」

左近はそう言ってごまかすと、

「そろそろ出立の刻限だ。今日は長くなる。腹ごしらえをしておこう」

そう言って、部屋に戻った。

早めの朝餉をすませて表に出ると、朝倉が手配してきた駕籠に、姫と正木を乗せて出発した。

八王子宿までは三里半(約十四キロメートル)。昼前には到着する。

駕籠かきの威勢のいいかけ声を聞きながら、薄暗い街道をひたすら進み、八王子を目指した。東の地平線が紫色に染まり、次いで紅《あか》い朝焼けと共に、日がのぼってきた。街道の前方には、快晴の空の下で青く霞《かす》む霊峰富士《れいほうふじ》が見える。

そんな春の景色を見る余裕もなく、駕籠かきは必死に先を急いだ。

多摩川《たまがわ》を渡って、日野宿《ひののしゅく》を通り過ぎ、耕作前の田圃《たんぼ》に囲まれた街道を進むうち、

「はて」

左近は異変に気づき立ち止まった。

「朝倉殿、八王子はこの道であったか」

「ああ、間違いない」

朝倉が振り向きもせずに言うと、駕籠かきが突然、全力で走り出した。

「や、しまった」

左近はあとを追った。朝倉も駕籠と付かず離れず走っている。やがて、田圃の向こうに見える林の中に入ると、駕籠かきは二つの駕籠を道に落として、一目散に逃げていった。

「何ごとじゃ」

腰を押さえながら駕籠から出た如々姫が、すぐさま周囲の異変に気づいた。正木が背中の痛みに耐えながら、這い出てくる。

「朝倉、ここはどこじゃ」

「姫、逃げろ！」

左近が追いついたところで、朝倉がくっくっと笑い出した。

すると、木々のあいだから染み出るように十数名の侍が姿を現し、逃げる間もなく、周囲を取り囲まれた。

「おのれ朝倉、裏切るのか！」

正木が悔しがり、姫をかばって前に出る。

「裏切る？　馬鹿な、初めからお前たちの味方ではないわ」

憎々しげに言う朝倉の肩に手をかけ、中年の侍が前に出た。

「お前は、牧野」

「お久しゅうござるな、如々姫。相変わらず、お美しい」

「黙れ」

「気がお強いのも、変わらぬか」

「…………」

「よくやったぞ、朝倉。これでおぬしは、金山奉行《かなやまぶぎょう》じゃ。黒山の金が待っておるぞ、うん、ぐははは」

欲に腐った息を吐きながら笑うと、牧野は右手を挙げて、合図を出した。

　すると、草陰に隠れていた六名の鉄砲隊が姿を現し、左近たちに狙いを定める。

「朝倉、貴様が指揮をいたせ」

「はは」

　朝倉が前に出て、右手を挙げて鉄砲隊に指示を出したその時、鉄砲隊の前で爆発が起きた。

　閃光《せんこう》と爆音に驚いた鉄砲隊が、あらぬ方角に引き金を引く。

　その銃声が鳴りやまぬあいだに、身軽に飛び交《か》う黒い影によって、鉄砲隊の六名は斬り伏せられた。全員が倒れたあとには、黒装束《くろしょうぞく》に身を固めた忍びが立っていた。

「おのれ、何奴じゃ！」

　牧野が怒鳴ると、忍びは鋭い切っ先と視線を向けて答えた。

「吉田、小五郎。……我があるじ、徳川綱豊様をお守りするべく、参上つかまつった」

「な、に！」

　牧野は瞠目し、引きつった顔を左近に向けた。

「ま、まさか……」

放心する牧野に危機感を覚えた野村が、家来の一人に目配せをした。

刀を抜き払った家来が、猛然と左近に迫る。

腰を落とした左近が、静かに鯉口《こいぐち》を切り、宝刀安綱を抜く。

「おのれ！」

家来が気合を吐き、凄まじい太刀筋で袈裟懸《けさが》けに斬り下ろしたと思うや、左近はその一瞬の隙を突いて懐に飛び込み、安綱で胴を一閃した。

まっすぐ鋭い目で牧野を見据《みす》える左近の後ろで、喉から不気味な声を発した家来が倒れ伏した。

徳川秘剣、葵一刀流の凄まじさを目の当《ま》たりにした敵が、騒然とする。

恐怖に顔を引きつらせながらも、己の身を守ろうと一斉に刀を抜く。

「馬鹿者！」

左近の一喝《いっかつ》で、敵は完全に戦意を失った。

牧野は、左近がにぎる安綱の金無垢鎺《きんむくはばき》に刻《きざ》まれた葵《あおい》の御紋《ごもん》を見つけ、

「こ、甲州様じゃ、控えよ、控えよ！」

身を震わせて、左近の前に平伏《へいふく》した。

それを見た家来どもも、慌てて平伏する。

「徳日藩江戸家老、牧野長弘」

「ははあ」

「藩政を司《つかさど》る重職にありながら、己の欲のためにあるじの命を狙うとは何ごとじゃ」

「……………」

「また、己の陰謀を知った如々姫の命を狙い、我が甲府藩の医者をも殺そうとしたこと、許すわけにはまいらぬ」

「く……それは……」

「これ以上ことを荒立てるなら、我が藩からご公儀に言上《ごんじょう》し、徳日藩を取り潰すがどうじゃ」

「悪いのは拙者一人。そ、それだけは、平に、平にご容赦を」

「では、おとなしくあるじの沙汰《さた》を待つと申すか」

「この牧野、いかなる裁《さば》きも甘んじて受けまする」

「他の者はどうじゃ」

左近が睨むと、皆さらに深く頭を下げて観念した。

「今すぐこの場から立ち去り、神妙に沙汰を待て」

「ははあ」

一同が応じ、小五郎が見守る中、粛々《しゅくしゅく》と林の中から立ち去った。

「如々姫」

左近の呼びかけに応じた如々姫が、正木と共に前に現れて、平伏する。

「甲州様と知らぬとは申せ、数々のご無礼をお許しください」

「そのようなことは気にせずともよい。それより姫」

「はい」

「兄と藩のことを思うそなたの働き、あっぱれ。この綱豊、こころを打たれたぞ」

「もったいのう、ございます」

左近は片膝をついて、如々姫と正木に言った。

「両名に、ちと頼みたいことがあるのだが」

「はい」

「おれがそなたたちを助けたこと、内緒にしてくれぬか」

「……？」

如々姫が大きな目をぱちくりとさせ、左近を見た。

「藩邸の外にいることが上様に知れたら、まずいのじゃ。このとおり、頼む」

手を合わせる左近に驚いたものの、如々姫がにんまりとした。

「かしこまりました」

「かたじけない」

「でも、願いがひとつ」

「姫様！」

正木が慌てて止めたが、如々姫は止まらない。

「また、あのお屋敷に、遊びに行きとうございます」

横で聞いていた小五郎が空咳《からせき》をしたので、左近は苦笑いを浮かべた。

「あ奴がおれを見張っておるからの。来ても楽しくはないぞ」

「いいえ、十分楽しゅうございました。およねさんのご飯も、また食べとうございます」

「殿、悪党が逃げておりまする」

小五郎が太刀を遠くに向けて叫んだ。

「何、それはいかん！」

「あ、逃げるな！」

如々姫が叫んだが、左近は全速でその場から走り去った。

逃げていく左近を見て、如々姫がくすりと笑い、

「逃がしませんわよ」

袴の裾《すそ》をからげて白い足を出し、あとを追った。

第二話　尾張名古屋《おわりなごや》の果たし合い

一

空は青く澄《す》み渡り、満開の桜の下では町人たちが弁当を広げて、花見を楽しんでいる。

岩城泰徳《いわきやすのり》は、道場門人《もんじん》の戸川秋太郎《とがわしゅうたろう》と共に江戸を発《た》ち、遥々《はるばる》、尾張名古屋《おわりなごや》を目指して旅をしてきた。父雪斎《せっさい》の弟子、阿南也八郎《あなんやはちろう》を訪ねるためである。

黒塗りの角笠《つのがさ》を被《かぶ》り、羽織袴《はおりはかま》姿《すがた》の二人はしっかりとした足取りで東海道《とうかいどう》をのぼっていく。

泰徳と共に旅をする秋太郎は、新見左近が襲われた鳴海屋《なるみや》事件のあと、許婚《いいなずけ》の春恵《はるえ》と結婚して、弘前《ひろさき》家から旗本二千石戸川《とがわ》家に婿入《むこい》りした。

二人は夫婦になってまだひと月も経《た》たぬ新婚だが、厳格な舅《しゅうと》に厳しく当たられ、息が詰まると愚痴《ぐち》をこぼしていた。

その秋太郎を救うためではないが、泰徳はこたびの旅の供に誘ったのである。二つ返事で快諾《かいだく》した秋太郎は、門人として師匠の供を命じられたと舅《と》を説き伏せ、新妻《にいづま》を置いて、日常から逃げるように江戸から旅立ったのだ。

旅の途中、秋太郎は結婚と同時に春恵の態度が豹変《ひょうへん》したと愚痴をこぼしていたが、そもそもの原因が、あの鳴海屋事件の折に、遊女と遊んでいたのではないかと疑われたことだというのに気づいていない。

自業自得なのを女房のせいにして、肩身が狭いと愚痴ばかりこぼし、恐妻家の泰徳の気持ちがわかるなどと、妙に仲間意識を強めている。

そんな門人を引き連れて、泰徳は名古屋入りした。

まずは、戦国の覇者《はしゃ》、織田信長《おだのぶなが》公が桶狭間《おけはざま》の戦《いくさ》に出陣する際、戦勝祈願に立ち寄ったとされる熱田神宮《あつたじんぐう》に参拝《さんぱい》をすませ、本町通《ほんまちどお》りを北上して城下の碁盤割《ごばんわり》に入ると、朝日町《あさひちょう》の光円寺《こうえんじ》裏にある剣術道場の門前に到着した。

門といっても、町中にある小さな道場ゆえ、岩城道場のような門構えではない。江戸の八丁堀界隈《はっちょうぼりかいわい》によく見る薄い板張りの戸をつけた木戸門であるが、その門を潜《くぐ》る前から、道場の盛況ぶりは伝わってきた。

道場から漏れる凄《すさ》まじい気合の声があたりに響いているが、道を行《ゆ》き交《か》う町人たちは慣れているのか、皆涼しげな顔をしている。

門に掲《かか》げられた阿南道場の看板を確認して、泰徳と秋太郎は門を潜った。

玄関に入ると、若い門人が応対に出て、用向きを尋ねられた。

阿南先生を訪ねて江戸から来たと言うと、先に手紙で訪問を伝えていたので、すぐに話が通った。

「や、若先生！」

門人に案内されて稽古場《けいこば》に入るなり、阿南也八郎が大声を出し、満面の笑みで迎えた。

「やめい！」

と気合を発すると、稽古を中断した門人たちが左右に分かれて座り、上座に向かって一礼する。

「こちらは、我が師、岩城雪斎先生のご子息だ。すでに、江戸の岩城道場を継がれておる」

「初めてお目にかかります。こちらは、将軍家旗本の戸川秋太郎殿」

「戸川です。よろしくお頼み申す」

「共に、二、三日世話になります」

泰徳と秋太郎が頭を下げると、門人たちが平伏《へいふく》した。

紹介を終えると、門人たちはしばしの休息が与えられ、思い思いの場所で雑談をはじめた。

阿南は、でっぷりとした腹を揺すって泰徳に顔を向ける。

「いや、またお顔が拝《おが》めて、嬉しゅうございますぞ。その節は、まことに世話になり申した。二、三日などと寂しいことを申さずに、長逗留《ながとうりゅう》してくだされ」

「ありがとうございます。まずは、これをお返しいたします」

泰徳は、朱色《しゅいろ》の太刀袋《たちぶくろ》を渡した。

中には、父、岩城雪斎が阿南に授《さず》けた国広《くにひろ》の太刀が入っている。昨年の秋に、阿南が愛弟子《まなでし》の辻藤次郎《つじとうじろう》を捜して江戸にくだってきた折に、預かっていた物だ。

辻藤次郎とは、必殺の雷神斬《らいじんぎ》りを伝授した愛弟子であるが、己の恨《うら》みを晴らすために飯島藩《いいじまはん》に一人で立ち向かい、江戸で命を落とした。

跡継ぎにと定めていた藤次郎を失ったことで、阿南は道場を畳《たた》むと決めて名古屋へ帰ったのだが、その後送られた文《ふみ》に、思いなおしたと書かれていた。

そこで泰徳は、道場を続けると決めた阿南に、国広の太刀を返しに来たのだ。

「これはやはり、阿南先生が持っているべきかと」

「そのために、遥々来てくだされたか」

「はい。それから、我が弟子の道場を見ていろいろと学んでまいれと、父が申しました」

泰徳が笑顔で言うと、

「かたじけない」

阿南は嬉し涙を流し、太刀袋を開けた。ふたたび戻ってきた国広の太刀を押しいただくようにして、神棚《かみだな》の刀掛けにそっと置く。

「ささ、奥へ」

「はい」

泰徳と秋太郎は、道場の奥にある客間に通された。

見事な松の墨絵《すみえ》が描かれた襖《ふすま》は、質素を好む阿南らしい雰囲気を醸《かも》し出している。

道場を開く時に、知り合いの絵師に頼んで描いてもらったというが、年数を経《へ》て深い味わいが出てきたと、嬉しそうに説明した。

阿南がその襖を開けて、酒を用意するよう声をかける。女中を雇っているらしく、程なく若い女が酒肴《しゅこう》を用意して持ってきた。

年の頃は二十前半だろうか、雇い主ほどではないが、胴回りがでっぷりとしていて、腰の帯結びが小さく見える。

「おお、旨《うま》そうな沢庵《たくあん》じゃな」

「今日出したばかりだよ、先生」

「うん、そうかそうか」

莞爾《かんじ》として笑う阿南が、

「おたけ、こちらが、この前話した江戸の若先生だ」

紹介すると、丸い尻を向けていたおたけが泰徳に向き、微笑《ほほえ》んだ。

決して美人ではないが、母性に富んだ、見る者のこころを和《なご》ませる顔をしている。

「このおたけは、太閤秀吉《たいこうひでよし》公生誕の地、中村《なかむら》の百姓娘でしてな。倅《せがれ》の世話を頼んでおるのです」

泰徳が訊《き》く前に、阿南がそう言った。

「世話になります」

「うみゃあもんはなぁんもできませんが、ごゆっくりどうぞ」

泰徳と秋太郎が頭を下げると、おたけが笑みまじりに応《こた》えた。

「して、阿南先生」

「うむ？」

「跡継ぎは、どちらに」

「おお、そうであった。これ、おたけ、慶太郎《けいたろう》を連れてこい」

「あい」

廊下に出たおたけが、

「慶太郎坊ちゃま、坊ちゃま」

と、優しい声で呼んだ。

「ほれ、坊ちゃま、父上がお呼びにございますよ」

背中を押されるようにして、絣《かすり》の着物に灰色の袴を穿《は》いた男児が入ると、下座にきちんと背筋を伸ばして正座し、

「慶太郎にございます。ようお越しくださいました」

と言って、頭を下げた。

この子は、藤次郎の姉が産んだ子だ。藤次郎の一件を話して聞かせると、是非阿南の養子にということで預けられたのである。

前髪《まえがみ》がある慶太郎は、今年で九歳になる。豪農の家に生まれたおかげで躾《しつけ》もよ

く、また、剣のほうも先が楽しみだと、阿南は言った。

「まことに、ようございましたな」

子がいない泰徳はうらやましいと言い、慶太郎を見た。

「若先生、することをせぬから、子ができないのですよ」

「これ」

秋太郎が子供の前で口を滑らせ、ばつが悪そうに舌を出した。

「さ、お坊ちゃま、そろそろ稽古がはじまりますよ」

おたけが言うと、慶太郎は嬉しげにうなずき、

「失礼します」

と頭を下げて、道場へ駆けていった。

「はは、剣術がおもしろうてならぬらしい。暇《ひま》さえあれば、木太刀《きだち》を振っておる」

酒を飲み、阿南は上機嫌で言う。

「そうじゃ、若先生」

「はい」

「ちと、門人に稽古をつけてやってくださらぬか。藤次郎がおらぬようになって

から、稽古に困っておるのだ。わしももう歳じゃからの、長いこと若い者と剣を交《まじ》えるのが、ちと辛《つら》いのじゃ」

「わたしでよければ、お使いください」

「おお、引き受けてくださるか」

「しかし、先生の弟子が相手なら、手強いでしょうな」

「ふふ、謙遜《けんそん》しおって」

道場で稽古がはじまった音を聞いて、さっそく泰徳は腰を上げた。

「秋太郎、おぬしも来い」

「げっ、それがしなど、役に立ちませんよ。せっかくですから、名古屋見物もしたいですし」

「ふん、どうせ女郎屋《じょろうや》に行くつもりだろう」

「…………」

「うははは、秋太郎殿、女郎屋は昼間より夜のほうがいいですぞ。それまで汗を流されよ」

「はあ……」

「行くぞ、素振りぐらい教えられるだろう」

「はい」

秋太郎はがっくりとして立ち上がると、足を引きずるように道場へ向かった。

廊下から道場に入るや、秋太郎は目を丸くして、何度も瞬《まばた》きをした。

「なんと……」

思わず声が出るほど、門人たちは激しい稽古をしている。

「素振りどころか、岩城道場より厳しいじゃないですか」

「泣き言を申すな。尾張藩でも名が知れた阿南道場の稽古に参加できるのだ。しっかり学んで帰れ」

「騙《だま》された。来るんじゃやなかった」

半べそでぶつぶつ言いながら、秋太郎は木太刀をにぎった。

素振りをしている者の列に加わり、力なく木太刀を振っている。そのうち師範代の目にとまり、

「なんだ、そのへっぴり腰は！」

と、怒鳴られ、容赦《ようしゃ》なく尻をたたかれた。

阿南によると、門人は尾張藩の者が四十五名と、八名の浪人者がいるという。

藤次郎は皆に慕《した》われていたが、特に八名の浪人者からは、師匠とまで言われて

いたらしい。

「江戸で死んだと言った時の、あの者たちの悲しげな顔は、今でも胸に焼きついております。ああして、慶太郎を可愛がってくれるのは、藤次郎と血の繫《つな》がりがあるからでしょう」

確かに、八名は慶太郎をそばに置いて離さぬ様子だ。その中で木太刀を振る慶太郎は、楽しそうに声を出している。

こうして、稽古場に揺るぎなき一体感があるのは、何よりも、阿南也八郎の存在があるからだ。先ほども、阿南が稽古場に入っただけで、その場の空気が変わった。

父雪斎に我が一番の弟子と言わせる理由が、わかったような気がした泰徳である。

その一体感に満ちた稽古場に足を踏み入れた泰徳は、一刻（約二時間）のあいだたっぷりと汗を流し、阿南の甲斐無限流《かいむげんりゅう》を体感すると、一日目の稽古を終えた。

二

稽古をつけることになり、阿南道場に五日の逗留を決めた泰徳は、その日のうちに江戸へ文を送り、一晩ゆっくり眠って旅の疲れを癒《い》やした。

一番鶏《いちばんどり》で目がさめた泰徳は、もう少し眠ろうと布団の中で寝返りを打ち、ふと、頭を上げた。

（おや）

隣の部屋では秋太郎が寝ているはずだが、旅の道中で苦しめられたいびきが聞こえてこない。思えば、夕べ一度も目がさめなかったのは、あのいびきが聞こえなかったからだ。

（さては、あいつ）

女郎屋に行ったに違いないと思い、襖を開け放った。

すると、ちょうど戻ってきた秋太郎が、盗っ人《ぬすと》よろしく頰被《ほおかぶ》りをして、障子を開けて忍び込もうとしていた。

「あッ！」

「あ、じゃない。お前、やりおったな」

「えへへ」

「新妻がおると申すに、しょうがない奴だ」

「そんなことより聞いてくださいよ、先生」

秋太郎が悪びれもせずに言ってきた。

「せっかく楽しみにして行ったのに、おなごの暗いこと暗いこと。夕べは大はずれでした」

「ふん、ざまあみろだ」

「うわあ、自分が行けないものだから、ひがんでらっしゃる」

「た、たわけたことを申すな。それがしは、遊女などに興味はない」

「お美しい奥方様ですからね」

「この野郎、それ以上たわけたことを申すと、春恵殿に全部ばらしてやるぞ」

「ひえぇ、お代官《だいかん》様、後生《ごしょう》でございます、それだけはご勘弁を」

「ふざけおって」

「このとおり」

「まあ、真面目に稽古をしたら、考えてやらぬでもない」

「…………」

秋太郎はそれも困ったとばかりに、口を歪《ゆが》めた。

この日は、江戸から泰徳が来ていることが門人たちに伝達されたらしく、ほぼ全員が道場に顔を出していた。

泰徳は、昨日稽古をしなかった者たちの相手をしていたが、ある門弟と剣を交えた時、妙な違和感を覚えていた。

一度休憩を挟み、見所《けんぞ》にいる阿南のもとへ行くと、気になる門弟のことを訊いてみた。

「ああ、井上正峯《いのうえまさみね》ですな」

ひと月ぶりに顔を出したという井上は、五十石三人扶持《ぶち》、尾張藩士の跡取り息子だという。

「なかなか激しい剣を遣《つか》いますね」

「ほう、そうですか。それがしは、動ではなく静の剣を遣うと見ておりましたが」

それを聞いてますます気になった泰徳は、

「井上殿との試合を、お許し願いたい」

「うん？」

阿南は驚いていたが、快諾してくれた。

休憩後に井上を指名して、試合を申し込んだ。門人たちが見守る中で、二人は木太刀を交えた。正眼《せいがん》に構える井上に対し、泰徳は八双《はっそう》の構えで応じる。

「やあ！」

井上が鋭い目で気合をかけ、喉《のど》を突いてきた。泰徳が右に切っ先をかわし、肩を狙って木太刀を振り下ろすと、動きを見抜いた井上はそれを木太刀で受け流し、胴を払おうとした。

が、その前に泰徳が体当たりを食らわし、井上を弾《はじ》き飛ばす。よろけたところへ追い打ちをかけ、

「ていっ！」

と喉をひと突きした。

喉元にぴたりと当てられた木太刀に目を落とした井上が、悔しげに、

「ま、まいりました」

と、木太刀を下げ、一礼した。

場内からどよめきが起きる。

井上はめったに顔を出さぬが、粘り強い剣を遣い、今のように明らかな負けを喫《きっ》することは、ほとんどないらしい。

この、粘り強い剣こそ、戦国を生き抜いた甲斐無限流の真骨頂《しんこっちょう》である。

甲斐無限流の静の剣とは、受け身を得意とし、致命傷を負うことが少ない。ゆえに、
負けぬ――。

剣なのだ。

これと対照的なのが、藤次郎が遣った雷神斬りのような、動の剣である。

この、甲斐無限流の動と静を遣いこなす者はまさしく無敵となるが、泰徳は、父である雪斎以外に、甲斐無限流を極めた者を知らぬ。

ただ、甲斐無限流ではないが、父以外に動と静の剣を遣いこなす男は知っていた。

それが、新見左近だ。

左近は、相手の刀を受け止める静の動作に優《すぐ》れ、また、その静の中にも、敵を傷つける動がある。そして、相手の気を読み、敵が動く前に攻撃を仕掛け、一刀両断に斬り伏せる。

富田流《とだりゅう》などと称しているが、あの左近の剣術には、甲斐無限流をはるかに凌《しの》ぐ何かが隠されていると、泰徳は見ているのだ。

試合を終えた井上が、阿南のもとで平伏している。その横に座った泰徳も頭を下げた。

「さすが雪斎先生のご子息、見事でした」

阿南が微笑みながら、泰徳を称《たた》える。

「いえ、井上殿が、本来の力を出しきっておらぬだけです」

「うん？」

阿南が不思議そうに目を細める。

泰徳は横を向き、ずばりと言った。

「井上殿」

「……はい」

「おぬし、誰ぞ斬ろうとしておるのか」

「いえ……」

「違うなら、あやまろう。ただ、太刀筋に、鬼気迫るものを感じたのでな」

「…………」

「泰徳殿、この正峯は、十日後に許婚との婚儀を控えておりますからな。気が高ぶっておるのでしょう」

そう言って阿南が豪快に笑うと、井上が腕で目を塞《ふさ》いで伏し、肩を震わせた。

「やや、どうした、正峯」

阿南が驚き、泰徳に目を合わせてきた。

(何かありますよ)

泰徳がうなずいて目顔で言うと、阿南がなだめるように訊いた。

「何があったのか話してみろ」

「…………」

「ここでは言えぬか。よし、奥へ行こう」

井上は素直にうなずき、力なく立ち上がった。

三人で奥の部屋に入ると、阿南がおたけに茶菓《さか》を用意させた。

「おい、正峯、まずは甘い物でも食べて落ち着け。これはな、袋町《ふくろまち》の餅屋《もちや》文蔵《ぶんぞう》がこしらえた、ういろうだ」

「はい、いただきます」

涙声で言った井上は、半ばやけ食いをしたものだから、ういろうを喉に詰まらせてしまった。

「これ、落ち着け。どうしたのじゃ、お前らしくもない」

井上は慌《あわ》てて茶を飲んで、ぜいぜいやりながら、

「それがしなど、このまま死んでもよいのでございます」

と、力なく言う。

「いったい、何があったのだ」

「…………」

「話してみよ、正峯」

「見てしまったのです。奈緒《なお》殿が、他の男と出合茶屋《であいぢゃや》に入るところを」

「何！」

阿南が目を丸くした。

「まさか、あの奈緒殿に限って、そのようなことはあるまい」

「初めはそれがしもそう思うたのです。見間違いだと。しかし、何日かあとの夜にも、密《ひそ》かに屋敷を抜け出す姿を見かけたので」

「跡をつけたのか」

「……はい」

「奈緒殿が、他の男に懸想《けそう》しているなどと……」

阿南が言うには、親が決める縁談が当たり前という武家のしきたりの中、井上と奈緒は、想いを寄せ合う仲であるという。

奈緒の父親も井上家と同格の尾張藩士。家も近く、幼《おさな》い頃から遊んでいた二人が恋仲になったのは、井上が十八、奈緒が十六を過ぎた頃らしい。

それから二年、二人は愛を育《はぐく》み、夫婦になる許しを得たのである。

奈緒の裏切りは、井上のこころを打ち砕《くだ》いた。夫婦なら、不義密通《ふぎみつつう》の罪で死罪だが、婚礼前とあれば、お咎《とが》めはない。

「して、相手は誰じゃ」

「石田寛九郎《いしだかんくろう》にございます」

「石田、のう」

「相手は百石取りの大組頭《おおくみがしら》の家柄、しかも、城下では美男として名が知れた男にございます」

「身分はともかく、その者は役者のように洒落《しゃれ》た出《い》で立《た》ちで町を歩き、女癖もよくないと聞いたことがあるが」

「そのような男に、まさか奈緒殿が懸想するとは、ゆめゆめ思いませんでした」

「うぅむ」

阿南は泰徳をちらりと見て、考え込んでしまった。

助けを求められても、泰徳がかける言葉など見つかるはずもなく黙っていると、

「すべてにおいて、それがしより石田が上。太刀打ちできませぬ」

井上は力なく言い、うな垂れてしまった。

「井上殿、今夜、それがしに付き合えぬか」

「……はい？」

「このような時は、家にいるとろくなことがない。外に出て、ぱあっと飲もうではないか」

武骨者《ぶこつもの》の泰徳には、そのような考えしか浮かばなかったが、これも武骨者である井上は憂《う》さを晴らしたいと思ったか、二つ返事で承諾した。

「よし、ならばよい店を教えてやろう」

若い者は若い者同士でやってこいと、阿南が土地に詳しい井上に場所を告げて、

「これで、店の酒を飲み干してこい」

と言い、金二両を、袖《そで》に滑り込ませてやった。

三

その夜、秋太郎も加わり、三人は阿南から聞いた店を目指して、碁盤割の桜《さくら》町筋《ちょうすじ》を西に向かった。

この先には、信長の父、織田信秀《のぶひで》公が天文《てんぶん》七年（一五三八）に京の北野天満宮《きたのてんまんぐう》から菅原道真《すがわらのみちざね》公の木像を遷座《せんざ》して祀《まつ》ったとされる桜天満宮《さくらてんまんぐう》がある。名の由来となった桜の大木は、万治《まんじ》三年（一六六〇）の大火で焼失《しょうしつ》したが、ふたたび植えられた若木が境内《けいだい》に群生《ぐんせい》していて、今まさに満開の時季を迎え、人々の目を楽しませていた。

境内にはちょうちんが連《つら》なり、夜桜を楽しむ人々でにぎわっている。

三人はその前を通り過ぎ、ひとつ先の角を左に折れて南へくだると、下長者《しもちょうじゃ》町《まち》にあるゆらくという店の暖簾《のれん》を潜った。

「おお、これは、凄《すご》い」

秋太郎が思わず唸《うな》るほど、店は広い。そしてその広い店の床几《しょうぎ》はほとんど埋まり、大変なにぎわいであった。

「いらっしゃいませ」

桜色の小袖《こそで》を着た若い女中に案内されて、泰徳たちは小上がりに落ち着いた。

女中に店の売りを訊くと、ゆらく特製の焼き味噌《みそ》はどうですかと言うので、まずはそれを頼み、他にも煮物に焼き魚を注文して、酒を飲んだ。

いやなことを忘れるためか、井上は杯《さかずき》を置かぬ勢いで次々と口に運び、しまいには、これでは間に合わないと茶碗に酒を注ぎ、喉に流し込んだ。

道場で言うことは言ったとばかりに、ここではおなごの話はいっさいせず、江戸の様子などを訊きながら、ちろりを空にしていく。

その飲みっぷりに釣られて、泰徳は名物の焼き味噌を舐《な》めながら、茶碗酒に付き合った。

秋太郎はというと、これも酒は飲める口なので、負けてなるものかと変な対抗心を燃やして、浴びるほど酒を飲んでいる。

とうとう三人ともろれつが回らなくなり、追加の酒を頼むのに、米がどうの麹《こうじ》がこうのと、関係のないことをくどくど言っているのだ。

秋太郎が空のちろりを振ってみせて、女中はようやく理解した。

それでも酔っ払い同士とは不思議なもので、三人ともどこの言葉かわからぬほどにれろれろ言っているのに、ちゃんと話が通じている。

そしてとうとう、女を忘れるために女を買いに行く話がまとまり、どうにか勘《かん》定《じょう》をすませた三人は、無謀にも夜の道へ崩れるように出た。

「じぶうい、んに、まうい、かれろ」

自分にまかせろと言う秋太郎にうなずき、二人はついていった。

よろけてどぶ川に落ちそうになりながらも、三人はもつれるように道を西に進み、堀川《ほりかわ》を目指していた。

武家屋敷のあいだを通り、堀川に突き当たったところを北へのぼったあたりが、春を売る女がいる場所らしい。このあたりでは百花《もか》と言われる私娼《ししょう》らしいが、その質たるや、辻《つじ》に立つ江戸の夜鷹《よたか》とはくらべ物にならぬほど、上玉らしいのだ。

「若先生、楽しみましょうよ」

泰徳が共に来たことが嬉しいのか、秋太郎が声をはずませた。夜道を歩くうちに少し酔いがさめたのか、ろれつが回るようになっている。

泰徳はとろんとした目をして笑い、手を挙げた拍子《ひょうし》にふらついた。

井上は首をかしげている。

「このあたりに、百花がおるとは初めて知りました」

「そうなのか。まあ、行けばわかる。皆暗いのが玉《たま》に瑕《きず》だが、いい女ばかりだ」

秋太郎が嬉しげに言い、足を速めた。

程なく堀川というところで、井上の足がぴたりと止まった。そして、慌てて辻《つじ》灯籠《どうろう》の陰に隠れた。

「あれ、ここまで来てやめるなどと申すのではあるまいな」

秋太郎が言うと、井上が身を隠せと二人を引き寄せた。

「前から石田が来ます」

井上は、許婚を奪われたことで自信を失ったように思える。

(立ち向かうべき相手を前にして、隠れるとは情けない)

泰徳は喉まで言葉が出ていたが、酒の力を借りて言うことではないと思い、言葉を呑《の》み込んだ。

大胆なのは秋太郎だ。どんな顔か拝んでやると言って、止める手を振り払って表に出た。

騒動が起きたのは、その直後だ。

「覚悟!」

悲鳴に近い女の声がして、

「やっ！」

と、秋太郎が目を丸くした。

物陰から出た泰徳が声がしたほうを見ると、女が石田に腕をねじり上げられていた。その手には、辻灯籠の明かりをぎらりと反射する懐刀《ふところがたな》がにぎられている。

「このあま……」

石田が憎々しげに口をひん曲げて言い、女を突き飛ばした。

取り巻きの侍二人が前に出て、抜刀《ばっとう》する。

「斬るな。こいつは大事な商売道具だ」

石田が言うと、取り巻きはにやりと不気味に笑い、

「おい、命拾いしたな」

「秘密をばらされたくなかったら、とっとと戻って稼がねえかい」

そう吐き捨て、殴る蹴るの暴行をはじめた。

「やめろ！」

泰徳が大音声《だいおんじょう》で怒鳴り、道に飛び出して仁王立《におうだ》ちした。

秋太郎が横にぴたりと並び、相手に気づかれないように、ふらつく泰徳の腰を

支えている。

「か弱きおなごを寄ってたかって痛めつけるとは、何ごとか！」

また大音声をあげるものだから、さすがに周囲が騒ぎ出し、

「喧嘩《けんか》だ喧嘩だ」

と、人が集まってきた。

こうなっては、やましきことがある者は、逃げざるを得なくなる。

「ちッ」

と舌打ちした石田が、

「行くぞ」

と、取り巻きに命じて、きびすを返した。

「大丈夫か」

打ちのめされて道に倒れた女を泰徳が抱き起こしてやると、口から血を流し、
苦しげに腹を押さえている。

「いかんな」

「大丈夫に、ございます」

無理に起きようとした女が、ふっと気を失った。

「いかん、医者に運ぶぞ」

集まっていた町人に医者の居場所を尋ね、井上の案内で運び込んだ。

そこの医者は、江戸では見かけぬ、若い女の医者であった。

裸にするから男は出ていけと言われて、三人は外に出た。そのまま帰ってもよいのだが、石田の命を狙う理由がなんなのか気になるものだから、そのまま待つことにした。

程なく、治療を終えた医者に呼ばれて中に入ると、なぜこのようなことになったのかと、厳しい目で訊かれた。

秋太郎が事情を話すと、女の医者は大きなため息をついた。

「傷はたいしたことはありませんが、お腹の子は……」

医者が首を横に振った。

「なんと、腹に子がいたのか」

医者はうなずき、患者の汗を拭《ぬぐ》ってやった。

「相手は侍と申されましたが、どなたですか」

「大組頭の石田寛九郎だ」

井上が言うと、

「また、あの人ですか」

と、医者が悔しげに言った。

どういうことかと井上が訊くと、医者は、井上が何者であるかを問う。

「阿南道場門人、井上正峯と申す。この方々は、江戸からまいられた道場の客人だ」

「では、お話ししたところで、石田様を罰することはできぬのですね」

「罰する、とは？」

「いえ、聞かなかったことにしてください」

それきり、何を訊いても医者は応じなくなり、固く口を閉ざした。

町医者の家を出た三人はすっかりその気が失《う》せてしまい、帰ろうということになったのだが、飲みなおさないと眠れそうにない。

家で飲みなおそうと井上に誘われて、泰徳と秋太郎は屋敷に向かった。

碁盤割東の武家地の一角にある井上家の屋敷は、五十石三人扶持の身分相応の屋敷であったが、両親と下男下女の暮らしに奈緒が加わっても、十分な広さがある。

その井上家に遠慮なく上がり込み、正峯の部屋でふたたび酒を酌《く》み交《か》わしたのだが、どうにも盛り上がらない。

「気になるか」

秋太郎が訊くと、井上はいても立ってもいられぬ様子となり、奈緒のことが心配だと言う。

あのような場を見てしまった以上、石田がろくな男でないことは明白。奈緒も騙されているに違いないと思うのが普通だ。

「考えていても埒《らち》は明かぬ。明日、奈緒殿に直接訊いてみたらどうだ」

秋太郎が言うと、井上は杯の酒を飲み干し、ため息をついた。

「そうしたいところだが、いざ訊くとなると、恐ろしい。先ほどのおなごはどうだか知らぬが、石田と奈緒殿が出合茶屋に入ったのは確か。その気がなければ、男と女があのような店には入らぬ。そうは思いませんか」

言われて、泰徳と秋太郎は顔を見合わせた。

「……確かにな」

「だが、男に騙されているに違いないのだぞ。ここで目をさまさせねば、奈緒殿もいずれ、先ほどのおなごのようになるのでは」

泰徳が言うと、井上がはっと顔を上げた。

「とにかく、会って話すべきだ」

「そうだな。よし、おれも武士の端《はし》くれ。明日思い切って会ってみよう。それでこころが離れているとわかれば、きっぱりあきらめる」

「おお、やっと腹をくくったか」

泰徳が酒をすすめ、またもや、飲みくらべがはじまった。

四

「痛《い》っつう」

「あっはっは、夕べはちと酒が過ぎたようですな、若先生」

青い顔をして朝餉《あさげ》の膳《ぜん》に着いた泰徳は、阿南に笑われて苦笑いを浮かべた。

「して、秋太郎殿は、あっちのほうも楽しまれたかね」

「いえいえ、昨夜はおなごには、指一本触れておりませぬ」

「ほほう」

おたけが障子を開けて入り、二日酔いにはこれが一番ですよと優しく言って、蜆《しじみ》の熱い味噌汁を出してくれた。

「ああ、旨い！」

と、嬉しげに言う秋太郎を見て笑いながら、阿南が訊いてきた。

「して、正峯はどうですか。少しは元気になりましたかな」

「それが……」

泰徳は、昨夜のことを包み隠さず話した。

「なるほど、そのようなことが」

「今日は、奈緒殿と二人でよい話ができればと案じております」

「まあ、こればかりは、他人は口出しができませぬからな」

「まったくです」

秋太郎は我関せずで、熱い味噌汁に舌鼓《したつづみ》を打ち、炊《た》きたての飯をふごふごやりながら、もりもり食べている。

泰徳が呆《あき》れていると、

「縁がある者同士というものは、何があっても一緒になれるものでございますよ。ろくな男じゃないなら、そのうち戻ってくるんじゃないですか」

秋太郎が箸《はし》を止めぬまま、あっけらかんと言う。

泰徳は納得しない。

「しかし、婚儀が近くなって、違う男に目を向けられた身にもなってみろ。自分だったら、戻ってこられても困る」

「とことん惚《ほ》れた相手でも、受け入れぬと」

「それは……だな」

「大丈夫ですよ。あんなに荒れるほど、井上殿はまだ相手のことを想ってるんですから。今日あたり、元の鞘《さや》に納《おさ》まるんじゃないですか」

「そうなればよいが」

「熱いうちにいただかないと、せっかくおたけさんが作ってくれた味噌汁が冷めてしまいますよ」

言われて、泰徳は蜆汁を吸った。

「旨い」

「それよりもそれがしは、夕べのおなごのことが気になります。腹の子がだめになって、自棄《やけ》になってまた無茶なことをしなければよいですが」

「確かにな」

自ら本所深川《ほんじょふかがわ》で夜廻りをするほど正義感が強い、泰徳の血が騒ぎ出した。

「あとで、医者に顔を出してみるか」

「え、稽古は？」

「阿南先生、今日は休ませていただきます」

「なんの。わしも、話を聞いて気になっていたところじゃ。しかし江戸とは勝手が違うので、あまり無理をされぬように」

朝餉をすませると、泰徳はさっそく、昨夜の町医者を訪ねてみた。

昨夜のことでまいったと告げると、応対に出た見習いの若者がいぶかしげに奥へ行き、すぐに戻ってきた。

「どうぞ、先生がお会いになるそうです」

案内された部屋には女の医者がいたが、昨夜の女の姿がない。

「今朝方、容体《ようだい》が急変して、お亡くなりに」

「なんと……」

「あの方にとっては、そのほうが幸せだったのかもしれません」

息を引き取る前に、これで楽になると言ったという。

「石田のことを知っておられるようだが、詳しく教えてくださらぬか」

「それは……」

「今、友の許婚が、その石田と関わっているようなのだ。亡くなられた方と同じ目に遭《あ》わせたくない」

医者は考えていたが、

「……では、わたくしが知っていることをお話ししましょう」

と言い、語りはじめた。


医者から話を聞いた泰徳は、表に出るなり駆け出した。

もし、今聞いた話が事実ならば、奈緒の口からそれを知った井上が、何をするかわからない。二人で会わせてはならぬと、井上家に走った。

碁盤割で道に迷いにくいといっても、土地鑑《とちかん》がなければわけがわからなくなる。夜と昼の景色はもちろん、人の多さも違うので、どこをどう通ればよいのかわからなくなった。

人に訊いても、軽輩《けいはい》である井上家がどこにあるか知っている者は見つからず、結局、武家地をさまようことになった。

碁盤割の東側をさまよい、とうとう他家の門をたたいて道を尋ね、やっとのことで見覚えのある門を見つけた。

ところが、時すでに遅し――。

井上は朝早く出かけて、一旦戻ってきたのだが、また出かけたという。

どこに行くかも告げぬまま出たというので、泰徳は仕方なく、道場に帰る道を聞き、碁盤割を西に歩んだ。

道場に戻ると、

「あっ、先生、大変です」

秋太郎が血相を変えて迎えると、手を引っ張られて奥に連れていかれた。

「どうしたのだ」

「とにかく、大変なんです」

障子の前でひと声かけて開けると、中には井上がいた。深刻な顔をする阿南の前で、背筋をぴんと伸ばし、目を伏せながら正座している。

「井上殿……」

泰徳が声をかけると、井上が蒼白《そうはく》の顔を向けて微笑みを浮かべた。

その顔を見た泰徳は、はっと目を見張った。

(死ぬ覚悟か)

そう思わせるほど、なんとも言えぬ落ち着いた表情をしていたのだ。

「石田寛九郎に、果たし状を出してきたそうだ」

阿南が、深い息を吐くように言った。

「やはり……」

井上は死ぬ覚悟を決めていたのだ。

「奈緒殿から、すべて聞いたのですね」

「………」

井上は何も言わず、頭を下げた。

「岩城先生に、お願いがござる」

言われて、泰徳は膝《ひざ》を突き合わせて座った。

「決闘は明後日《あさって》、午《うま》の下刻《げこく》(午後一時頃)。岩城先生、立会人をお願い申す」

「お受けいたそう」

断るは武士の道にもとる。泰徳は快諾した。

「わけを訊かれぬか」

「聞いたところで、決闘をやめる気はないのでござろう」

「………」

井上は強い意志を示す目でうなずいた。

「相手の流派は」

「斬馬流《ざんばりゅう》を遣うそうです」

「なんじゃと！」

阿南が大声を出した。

「今、斬馬流と申したか」

「はい」

「しまった。石田は、あの斬馬の石田であったか」

どうして早く気づかぬと己を叱《しか》り、阿南が歯を食いしばる。

「先生、いかがされた」

泰徳が訊くと、すがるような目を向けてきた。

「若先生は、斬馬流を知らぬか」

「はい、知りませぬ」

「その昔、織田信長公の家来が編《あ》み出したとされる恐ろしい剣じゃ。足軽《あしがる》でありながら、騎馬武者を馬ごと斬り伏せたと伝わる戦国の剛剣。石田は、その剣の腕を買われて、尾張藩の剣術指南役に名があがったほどの者」

そこまで言って、阿南がはっとして井上を見た。

「正峯、お前それを知ったうえで、果たし合いを申し入れたな」

井上は答えずに、微笑むだけだ。

（やはり、死ぬ気であったか）

泰徳はそう思った。

（もしや、奈緒殿からすべてを聞き、二人でそう決めたか）

泰徳はその考えに及び、

「奈緒殿は、生きておられましょうな」

と、訊かずにはおれなかった。井上はじっと畳を見つめたまま何かを考えているようだったが、静かに口を開いた。

「はい、生きております」

「どこにおられる」

「自宅におります」

「では、必ず果たし合いに勝って、生きて迎えに行くのです」

「…………」

「気づいておらぬかもしれぬが、井上殿、あなたが持つ本来の力を出せば、必ず勝てる」

「そうでしょうか」

「柔よく剛を制すと申すではないか。気づいていないかもしれぬが、井上殿、あなたの剣は柔のほうの剣。甲斐無限流の極意を遣うあなたが本来の力を出せば、斬馬流にも必ず勝てます。奈緒殿の身に起きたことを許せるなら、生きて夫婦になる気があるなら……あなたは必ず勝てる」

「岩城先生……」

希望を抱く目を向けられて、泰徳は力強くうなずいた。

井上も力強くうなずき返すと、我が師匠に頭を下げた。

「阿南先生、稽古をお願いします」

「おお！」

阿南は大音声をあげて立ち上がり、でっぷりとした身体を揺すって稽古場へ向かった。

二人の姿を見守った泰徳は、

「秋太郎、ちと手伝ってもらいたいことがある」

そう言って誘い、道場から出かけた。

五

その日の夕刻、泰徳と秋太郎は碁盤割の南にくだり、南寺町《みなみてらまち》というところに来た。

その名のとおり、寺が密集する場所であるが、そこからさらに東へ進んだ町はずれの一角に、小さな庵《いおり》がある。

竹垣《たけがき》に囲まれた庭の奥に隠れる庵には、知る人ぞ知る、女八卦見《おんなはっけみ》が住まっている。

八十の齢《よわい》を重ねたその老婆は、人の生きる先が見えるらしい。特に男女のことが見えるというので、若い娘のあいだで評判となり、連日、いろいろな悩みごとを抱えたおなごが、この庵を訪れる。

手拭《てぬぐ》いで頬被りをして忍び込んだ泰徳と秋太郎は、物陰に隠れて、中の様子をうかがった。

泰徳は、庵の中に見え隠れする人影を見据《みす》えながら、ひそひそと、秋太郎に八卦見のことを教えていた。

「特に、婚儀を間近に控えた娘が、嫁入り後の暮らしを案じて来るらしいのだ」

「おなごというものは、そのようなものが好きですね」

「おなごだけではない。ここへはな、時々藩の重役も来るらしいのだ。重要な取り決めごとをする時は、見てもらうらしい」

「では、まことに当たるのですか」

「わからぬが、それに目をつけた輩《やから》がいる」

「藩の重役が、八卦見で重大なことを決めていると、脅《おど》しているのですか」

「そうではない。おなごのことだ」

「おなご？……なるほど、わかりましたぞ。奈緒殿はここで相談して、井上殿とはうまくいかぬと言われたのですね」

「それならばよい」

「はあ？」

泰徳は、女の医者から聞いたことを教えた。

それによると、婚礼を間近に控えたおなごたちは、よく当たると評判のこの庵を訪ね、見てもらうらしい。だが、中には様子がおかしくなる者がいて、ふらふらと、足をもつれさせながら帰ったりする。そして、そうなったおなごは、どういうわけか、その日のうちに石田と男女の仲になるという。

「なんだか妖術にでもかけられたようで、気味が悪い話ですね」

「それよ」

「はあ？」

「それを今から確かめる。昨日のおなごが浮かばれぬからな」

「げぇ、あのおなご、死んだのですか」

「今朝方、容体が急変したらしい。息を引き取る前に、すべてを話したそうだ」

　泰徳は続けた。

「婚礼を間近に控えたあのおなごも、八卦見の評判を聞いてここを訪れていた。結果、嫁に入った先で苦労し、子宝にも恵まれず、二年後には離縁されると言い切られてしまい、途方に暮れたおなごは、呆《ほう》けたように庵から帰ったそうだ。そんな時に、あの石田に声をかけられ、つい誘いに乗ったのだ。とても優しくされて、すっかりこころを許してしまったのだろうな。嫁《とつ》いだあとも、繋がりが切れずにおったらしい。そんなある日、惚れた石田の呼び出しに応じて茶屋に行ったのだが、そこに石田の姿はなく、見知らぬ男たちによって、犯《おか》された……」

　そこまで言って、泰徳は目の前の草を引きちぎった。

「その日を限りに、石田との繋がりは切れたと思っていたらしいが、いやなことも忘れかけていたある日、ふたたび石田の呼び出しがあったらしい」

「行ったのですか」

「来なければ、夫に茶屋でのことをばらすと脅されたのだ。その脅しに屈したのが運の尽き。呼び出された茶屋で、娼婦《しょうふ》のようなことをさせられたらしい。あの者は、何人もの女を巧《たく》みに騙してその気にさせて、不義密通の罪を利用して女を毒牙《どくが》にかけ、荒稼ぎしておるのだ」

「…………」

秋太郎は急に顔を伏せた。

「では、それがしが遊んだあのおなごも……」

「おそらく石田に脅されたおなごの一人だろう。吉原《よしわら》や深川の遊女のように、明るいはずはなかろう」

「なんてことを……」

「後悔しておるなら、手伝え」

「何をするのです」

「おそらくここの様子を、石田に伝えている者がいるはずだ」

「八卦見がぐるなんじゃ」

「そこのところも含めて探るのだ」

「その何者かは、今日もいるんですか」

「わからぬが、おなごを商売道具にする輩だ。上玉を手に入れるため、誰かが常に見張っておるはずだ」

「なるほど」

「秋太郎は、ここを出入りする者から目を離すな」

「先生はどうされるんです」

「庵の様子を探ってみる。何か変化があったら、そうだな、池に石を投げ込め」

「そんなことして、ばれやしませんか」

「なぁに、鯉《こい》が跳ねたと思うさ」

「言われてみれば、大きな鯉がいますね」

「よし、行くぞ」

泰徳はあたりをうかがい、庵を目指して走った。

敷地内は静まり返っているが、使用人らしき人影がちらほらと見える。それらに気づかれぬようにそっと近づき、床下に潜《もぐ》り込む。

「……故知般若波羅蜜多《こちはんにゃはらみった》　是大神呪《ぜだいじんしゅ》　是大明呪《ぜだいみょうしゅ》……故説般若波羅蜜多呪《こせつはんにゃはらみったしゅ》……菩提薩婆訶《ぼじそわか》　般若心経《はんにゃしんぎょう》」

切れ切れに聞こえる老婆の声が、八卦見のものだろう。唱《とな》えているのは般若心経に違いないのだが、目に見えない力を感じ、背中が粟立《あわだ》ってくる。

「よいか、決して、夫以外の者に目を向けるでない。さすれば……」

何をしているのか、ぴたりと声がしなくなった。しばらくして、

「うむ、家は安泰《あんたい》じゃな。末代まで栄えようぞ」

「はい、ありがとうございます」

若いおなごの声に続いて、床を歩く音がした。

「次の者、入れ」

どうやら、相談者が入れ替わるらしい。出てきたおなごが、はずむような足取りで帰っていった。

次のおなごが入り、静かになった。今度は般若心経は聞こえなかったが、八卦見の唸る声がして、

「男の相談じゃな」

「はい、来月、婚礼をいたします」

「名は」

女が男の名を告げるなり、

「いかぬな」

「えっ！」

「夫となる男はそなたを想うてくれるが、かえってそれが、そなたの気を重くする。ようは、そなたが夫に満足せぬということじゃ」

「そのようなことは……」

「今は新しき暮らしに希望を抱き、それゆえそなたも、夫となる男を好いておる」

「はい」

「じゃがそれは、そなたの思い込みじゃ、まごころではない。このまま夫婦になってしまえば……うん、商《あきな》いがうまくいっておるうちはよいが、それが下火になった時、夫のいやな部分が見えはじめ、そして、年老《お》いた親のことも重く身にのしかかり、何もかもいやになる。……うん、逃げるように家を出るそなたの影が見えるの」

「そ、そんな……相手は、五条橋《ごじようばし》堀川岸にある三河屋《みかわや》ですよ」

「ほう、豪商じゃな」

「そうです、商売が下火になるなど、あり得ません」

「いかなるものであろうと、浮き沈みはある。天下人とて、それは同じじゃ。商売ならなおのこと、その年によって変わる。ようは、悪い時に、そなたが夫を支える気があるか否《いな》かじゃが、今のそなたにはそれが見えぬ。ほほ、金と夫婦になろうとしておるでな」

「……もういい。こんなの、いかさまだわ」

女はとうとう怒りだし、銭を床にばらまいたような音が聞こえた。

「待て、待たぬか」

老婆の止める声を聞かずに立ち去る音がする。

(ひどい女がおるものだ)

泰徳がそう思っていると、女が外に出てきた。ぷりぷり怒って帰るのかと思いきや、背を丸めて、ふらりふらりと、途方に暮れたように歩んでいる。

(嫁ぎ先はよほどの豪商で、先が安泰と思っていたのだろう)

それを見事に打ち砕かれたことに腹を立てたが、相手は当たることで有名な八卦見。やはり、落胆は大きいようだ。

(ならば、悪い時にどうしたらよいか、なぜ聞かぬ。男ではなく、金と夫婦になろうと思っていたから聞く気がないのか)

泰徳は、力ない足取りで帰るおなごを見ていた。

池で水が跳ねる音がしたのは、その時だ。同時に、おなごの跡をつける男の影が見えた。

床下から這《は》い出て、先に行け、あとを追えと、秋太郎に手真似《てまね》で指示を出し、泰徳も行こうとした。

「こりゃ」

頭の上で声をかけられ、ぎょっとして見ると、黄土色《おうどいろ》の法衣《ほうえ》をまとった老婆が立っていた。

「盗み聞きはならぬぞ」

肌の色艶《いろつや》がよく、とても八十歳には見えぬ老婆は、厳しい目で見下ろしていたが、泰徳が言葉も出せないでいると、静かに深い息を吐き、その場に正座した。

「どうやら、性根が悪い者ではないようじゃの」

何をしていたと訊かれて、泰徳は事情を話して聞かせた。

「ふむ、そのようなことがな……」

老婆は沈痛《ちんつう》な面持《おもも》ちとなり、

「どうりで、わしが婚礼を否と申したおなごが、途端に影が薄くなるはずじゃ。どうなったか気にしておったが、やはり、そのようなことになっておったか」

「そこまでは、見えませなんだか」

「わしは、こうして対面せねば、その者の先を見ることができぬ。今のおなごも、影が薄くなりおったので引き止めたのじゃが……おぬし、救うてやってくれぬか」

「そのつもりで来ました」

「そうか」

「では、これにて」

「待たれよ」

「………」

老婆が、じっと目を見てきた。

「うん、身近に誰ぞ、高貴なお方がおられるな」

「心当たりがござらぬが」

「……うん、いずれ、この国を背負う御仁《ごじん》じゃ」

(道場の門人に、大出世を果たす者がいるらしい)

泰徳は咄嗟《とっさ》にそう思った。

「その者が、何か」

「身に危険が迫っておる。名は……ええい、見えぬ」

泰徳はがくりと膝から手を滑らせ、老婆はにんまりとして話を変えた。

「おぬし、よい嫁をもろうておるの。恐ろしかろうが、道場は安泰じゃぞ」

道場などと一言も言っていないのにぴたりと当てられ、またもや背中が粟立った。

泰徳は片膝をつき、頭を下げた。

「あなた様に、尋ねたきことがございます」

「なんじゃ」

「藩のご重役と、親しいとか」

「ふむ、何人か知っておるが」

「では、是非ともお願いしたきことがございます」

「おぬしがここに来たことと、関わりがあるようじゃな」

「はい」

「ふむ、申してみよ」

「はは」

泰徳は八卦見の耳元で何ごとかささやき、

「証拠は、必ず手に入れまするる」

と、深く頭を下げた。

「承知した」

「かたじけない」

「うむ、早うここを去り、先ほどのおなごと、井上某《なにがし》を救うてやれ。しっかりと、徳を積まれるがよい。さすれば、ほほ、子宝に恵まれよう」

「では――」

泰徳は頭を下げて、秋太郎を追った。

六

左手に野原を見ながら、まっすぐ南にくだっていくと、寺の門前で秋太郎が待っていた。

「遅いですよ」

「すまぬ、ちと手間取った。して、おなごは」

「中にいます。本堂の前で手を合わせているのがそうです。怪《あや》しい奴は、あの、石灯籠の陰に」

指差した先では、灰色の着流し姿のやくざ風の男が、物陰からおなごを見張っている。そして、参拝をすませたおなごが戻ってくると前に飛び出し、身体をぶつけた。

「きゃっ」

おなごが突き飛ばされて転ぶと、

「や、すまねえ、姉さん。怪我《けが》はねぇかい」

そう声をかけ、引き起こした。

「ぼうっとしてたもんですまねえ。お詫《わ》びに、甘い物でもおごらせてちょうよ」

「結構です」

「まあそう言わずに、行こう」

「放してください」

助けに入ろうとして、ぴたりと泰徳の足が止まった。

派手な図柄が入った着物姿の、役者風の男が現れ、助けに入ったからだ。

「な、なんだ、おみゃあ」

「いやがるおなごを無理に誘うは、男として恥ずべきことであるぞ」

「つるせぇ、この野郎」

やくざ者が懐から匕首《あいくち》を抜き、切っ先を向けて突く。軽くかわされるや、右へ左へと振り回し、襲いかかる。

男は一瞬の隙《すき》を突いて手首に手刀《しゅとう》を落とし、匕首をたたき落とした。

「こ、この野郎！　覚えてろ！」

やくざ者が捨て台詞《ぜりふ》を吐き、逃げていった。

「秋太郎」

「わかってますよ」

泰徳の意図を察した秋太郎が、やくざ者のあとを追った。

役者風の色男が、

「今のは、質《たち》が悪いので有名なやくざ者だ。こうしているあいだも、そなたが一人になるのを陰から見張っているかもしれない。家まで送ろう」

と、優しげに言った。

色男に助けられてうっとりとするおなごは、送ってくれるなら安心とばかりに、簡単についていった。

「なるほど、そういうことか」

色男は、昨夜目にした石田寛九郎だ。

石田のやり口を目の当《ま》たりにした泰徳は、二人のあとを追った。

それにしても、婚礼を控えたおなごが、こうも簡単に男についていくものだろうか。八卦見の婆様《ばばさま》に先の不安を言われたからか。

「まさかな……」

泰徳は首をかしげながらついていく。

おなごは時折声を出して笑い、石田と楽しげに道を歩んでいたが、碁盤割内に戻ると、大通りに小さな店を構える炭問屋の前で立ち止まった。

おなごが何か話して店に入るよう促《うなが》したが、石田はそれを断り、足早に立ち去った。

おなごはその背中を見送り、寂しげな表情で店の中へ消えた。

石田を追った泰徳は、通りを三つ越えた四辻《よつじ》の角を曲がったところで足を止め、慌てて身を隠した。石田がうどん屋の店先で立ち止まり、二階を見上げていたからだ。

程なく中へ入ったので、泰徳も暖簾を潜った。

「いらっしゃい」

中を見回すと、階段を上がる石田の足が見えた。

「お一人様ですか」

「ここは、二階にも座敷があるのか」

「ございますよ」

上にあがる口実を考えて、泰徳は嘘《うそ》をついた。

「あとから来る者と大事な話がしたいので、できれば上のほうがよいのだが」

「はい、どうぞ」

「岩城を訪ねる者が来たら、通してくれ」

「あ、先生」

呼ばれて見ると、秋太郎が酒を飲んでいた。

ほんとうに待ち人がいたので泰徳はぎょっとなったが、すぐに合点《がてん》がいき、

「もう来ていたか、さ、上にあがろう。大事な話がある」

泰徳たちは、まんまと二階へ忍び込んだ。

平打ちうどんの味噌煮込みが旨いとすすめられて、二人分と酒を頼み、女中が戸を閉めるや、泰徳と秋太郎は顔を見合わせ、隣の様子をうかがった。

襖に近づいて耳をそばだてると、声が聞こえてくる。

「こたびは商人の娘だが、なかなかの女であるな」

「そうでございましょう。早く手をつけて、自分たちにも拝ませてくだせえよ」

「まあそう焦《あせ》るな。あの女、ちと身持ちが堅そうじゃ。じっくり攻め落とすのも、楽しいものだぞ」

「それより旦那、夕べの女、死にましたよ」

「知らぬな、そのような者は」

「稼ぎが落ちますんで、次の女が欲しいんですが。そろそろあの武家娘を、物にされたんじゃねえんですかい」

「あれは、まだ渡せぬ」

「またぁ、情が移っちまったんですかい、旦那」

「いや、許婚の奴が気づきおった。今夜あたり呼び出して無理やりにでも抱いてやろうと思うていたが、誘っても出てこぬ」

「あれま。男に出てこられたんじゃ、まずいですぜ」

「ふん、もうとっくに出ておるわ」

「へ？」

「何を思ったか、このおれに果たし状など出しおってな」

「げっ、どうなさるんで」

「決まりきったことじゃ。斬って捨てるまでよ」

「そいつは、いつです」

「明後日だ」

「助っ人を集めやす」

「いらぬ。甲斐無限流など、おれの剣の相手ではない」

「でも旦――」

急に会話が止まった。むっとした泰徳の気を、相手に悟《さと》られたのだ。

襖が引き開けられると同時に、

「痛ッ！」

と、秋太郎が宙を飛んで、隣の部屋に背中から落ちた。

膳が砕かれ、器《うつわ》が音を立てて飛び散る。

「な、何を――」

「貴様！　おれの妻に手を出しおったな」

有無を言わさず、泰徳が秋太郎の胸ぐらをつかみ、馬乗りになった。

もう一発殴ってやろうと拳《こぶし》を振り上げたところで、

「やめねえかい！」

と、やくざ者が泰徳にしがみつき、引き離した。

「放せ、おれはこいつが許せぬのだ」

「て、てめえが、ちゃんと可愛がってやらねえから悪いんじゃねえのか」

口を挟んできたやくざ者に、泰徳が怒りの目を向ける。

「何を！」

「おい、やめぬか！」

とうとう石田も割って入り、泰徳と秋太郎は引き離された。騒ぎを止めることに気を取られており、泰徳たちを目にしても、昨夜揉《も》めた相手とは気づかぬようだ。

味噌と平打ちうどんを頭から被《かぶ》った秋太郎が、泣きそうな顔で泰徳を見ている。

「ちっ、おぬし、覚えておれよ」

泰徳がやくざ者の腕を振り払って啖呵《たんか》を切ると、いかにも冷静さを取り戻したように、

「邪魔をしてすまなかった。これで勘弁してくだされ」

石田とやくざ者に詫びを入れて、懐から出した小判一枚を渡すと、

「おぬし、いつまで寝ておる。斬られたくなければ、とっとと失せろ」

先に秋太郎を追い払い、呆気《あつけ》にとられている二人にもう一度詫びを入れて、下へ降りた。

「先生、勘弁してくださいよ」

「すまぬ、咄嗟に手が出てしまった」

左の頬を押さえている秋太郎に、泰徳は真面目な顔であやまった。

「しかし、危なかったですね。あの者たちを、このままにしておいていいんですか」

「なあに、明後日になれば、すべて決着がつくさ」

「でも、石田の奴、やけに自信があるようですが、井上殿は勝てるのでしょうか。先生が助っ人に入られたらどうです」

「石田が一対一の果たし合いに応じた以上、それはできぬ」

「ほんとうに大丈夫でしょうか」

「心配いらぬ。井上殿なら、必ず勝てる」

「はあ」

「それより腹が減ったな。どこかで、平打ちうどんの味噌煮込みでも食べるか」

「ご冗談を。それより風呂です、風呂！」

秋太郎は味噌の匂いをぷんぷんさせて、大通りを道場に帰っていった。

七

果たし合いの当日、尾張名古屋は朝から強い風が吹いていた。

埃《ほこり》っぽく、生ぬるい風である。

井上正峯は、風にそよぐ庭の松の枝を眺《なが》めている。年老いた父が手入れを怠《おこた》らぬ松は、樹齢四十年とまだ若木ではあるが、見事な枝ぶりだと近所で評判になったこともあり、我が家の自慢の種《たね》だ。

井上は、そっと肩に当てられた着物の袖に腕を通した。

母に支度を手伝ってもらい、丸に釘抜きの家紋を入れた白地の着物に襷《たすき》をかけ、灰色の袴を穿いた。

石田寛九郎と何ゆえ果たし合いになったかは、母には告げず、父、高峯《たかみね》だけに告げた。

生きて戻らぬやもしれぬ我が子の支度を黙然《もくねん》とすませた母は、その場に正座し、武士の母らしく、静かに頭を下げた。

「では母上、行ってまいります」

井上は、襷がけを隠すために青い羽織を着て、玄関から出た。

庭木の陰からつと現れた父が、腰に差していた脇差を抜き、

「持ってゆけ」

朱色の鞘を横にして渡してくれた。

親子の会話は、これだけで十分だった。

父高峯が倅に授けたのは、祖父の代から伝わる名刀定宗《さだむね》。

武士の一分《いちぶん》をかけて決闘へ向かう倅へのはなむけでもあるが、己が死ねばこの家が絶《た》えるという、無言の訴えでもある。

黙って脇差を腰に差した井上は、強い意志を示す目で父を見て一礼すると、門から出た。

門の外では、角笠を被った岩城泰徳と、戸川秋太郎が待っていた。

三人は互いにうなずき合い、約束の場所へ歩み出した。

井上が果たし合いの場に選んだのは、駿河街道《するがかいどう》を東に進んだ百姓地にある一本杉の草原だ。周囲に人家がなく、城下とも離れているので邪魔が入らぬ。

約束の午の下刻（午後一時頃）に到着すると、石田寛九郎はすでに来ており、

大仰《おおぎよう》にも陣幕《じんまく》を張り、四名の家来と数名のやくざ者に囲まれて、床几に腰かけて待っていた。

井上が足を止めると、石田が小馬鹿にしたような薄笑いを浮かべ、

「臆病風《おくびようかぜ》に吹かれたかと思うたぞ」

と、床几に座ったままで言う。

井上は挑発には乗らず、静かに羽織を脱いだ。

その姿を見た石田が、薄笑いのまま続ける。

「まあ、慌てるな。貴様、本気で女のために果たし合いをする気か」

「武士に二言はない」

「ふん、女が心変わりをしたぐらいでいちいち果たし合いを挑《いど》まれたのでは、こちらもたまったものではない。ゆえにこの果たし合い、受けぬことにした」

「何！」

思わぬ石田の申し出に、井上が怒りの目を向ける。

「そもそも、誘ってきたのは奈緒のほうだ。貴様が刃《やいば》を向ける相手は、奈緒のほうではないのか」

「嘘を申すな。貴様とのことは奈緒殿からすべて聞いたのだ。八卦見の庵からの

帰り道、やくざ者に連れ去られそうになったところを、貴様に助けられたと」

「そうよ、おれが危ういところを助けてやったら、奈緒が誘ってきたのだ」

「いや違う。助けてやった礼に酒の相手をしろと迫ったのは貴様だ。そこがいかがわしい場所だと知らぬおなごを誘い、無理やり茶屋に連れ込もうとしたであろう。奈緒殿はそれを拒《こば》み、茶屋から帰ったはずだ。なのに貴様は、いかがわしい場所に行ったことをそれがしにばらすと脅し、思いどおりにしようとした……違うか！」

「ふん、知らぬな」

「嘘を申すな！」

「知らぬ！」

井上と石田の押し問答が続く中、別の声があがった。

「おい、知らぬとは言わさぬぞ」

「誰だ？　お前」

泰徳がずいと前に出て角笠を取ると、やくざ者があっと声を出した。

「てめえは、こないだの！」

「うどん屋ではすまなかったなぁ。貴様らは気づかなかったようだが、それがしとの者は、八卦見の婆様のところから、ずっと見ておったのよ」

泰徳が言うと、秋太郎が笠を取った。

「て、てめえは殴られてた野郎。ちきしょう、騙しやがったな」

「黙れ！　落ち込んでおるおなごを騙して、骨の髄《ずい》まで吸い取る貴様らの悪事、許すわけにはまいらぬ」

秋太郎が言うと、石田があざ笑った。

「笑止《しょうし》、何を知られようが、生きて帰さねばそれまでよ」

「ふん、どうかな……」

泰徳が不敵な笑みを浮かべた。

「……石田寛九郎。貴様、万が一ここから生きて帰ったとしても、今頃は屋敷に、藩の目付《めつけ》が向かっておるぞ」

「何をしに来ていると申すのだ」

「罪なきおなごを食い物にする悪党が住む家を、取り潰すためよ」

「何っ！」

「貴様、八卦見のお婆様《ばばさま》を甘く見ていたようだな」

「あの婆《ばばあ》がどうしたというのだ」

「あのお婆様のひと声で、藩の重役が動くことを知らぬようだ」

「…………」

「貴様の悪事は、昨日すべて、お婆様に伝えておいた。今頃屋敷は大騒ぎだろうぜ」

「そんな馬鹿な……はったりを申すな！」

「はったりではない。だが、安堵《あんど》いたせ。貴様がここにおることは伝えておらぬ。武士の魂《たましい》が欠片《かけら》でも残っておるなら、正々堂々、井上殿と勝負しろ」

「くく、そうか、おれがここにいることは、誰も知らぬか。ならばよい、武士に未練はないからな。ここで貴様らを始末して立ち戻り、おなごを食い物にして遊び暮らすまで。特に奈緒には、たっぷり稼いでもらおうか。のう、井上。うはは、うははは」

井上は抜刀した。

「抜け！」

「言ったはずだ。果たし合いなどせぬと」

石田は床几に腰かけたまま右手を振って、

「やれ」

と命じた。

四人の家来が抜刀し、やくざどもが長どすを抜いて前に出る。

応じて前に出ようとした井上を制し、泰徳が抜刀した。

太刀を八双に構えるがっしりと広い肩の上に、角張った顔が載っている。首がないのではなく、鍛えられた首が顔の幅ほどに太いのだ。

「やっちまえ」

やくざが怒鳴り、一斉に襲ってきた。

泰徳は鋭い目を向けて腰を低くするや、敵が打ち下ろしてきた一刀を弾き上げ、返す刀で頭から斬り下げた。

「ぐえっ」

びくりとのけ反《ぞ》る敵を突き飛ばし、次の敵に向かう。

戦場《いくさば》に群《むら》がる敵を斬り崩して突き進む、甲斐無限流の奥義、突き崩し。

疾風《はやて》のごとくやくざ者の中を突き抜けた時、背後でぴたりと動きを止めたやくざ者が、一斉に倒れ伏した。

戦国伝来の奥義を目の当たりにした四人の家来どもが、目を丸くして息を呑み、刀の切っ先にこころの動揺が伝わっている。

「井上殿、ここはそれがしにまかせて、石田を」

「こ、心得た」

「秋太郎、立ち会いをいたせ」

「おう！」

「さて、生きるも死ぬも貴様ら次第。すでに仕《つか》えるべき家は消えたが、それでも剣を交えるか」

「ぬかすな！」

一人が斬りかかってきたが、刀をたたき折り、袈裟懸《けさが》けに斬り倒した。

その剛剣に度肝《どぎも》を抜かれた三名は戦意を失い、石田を捨ててその場から走り去っていった。

家来に見捨てられた石田は、刀を抜いて井上と対峙《たいじ》している。

斬馬流の達人と言われるだけあり、堂々とした隙のない構えを見せ、表情には余裕さえうかがえる。

対照的に、井上は額《ひたい》に汗を浮かべ、じりじりと押されていた。

「どうした、いざとなれば恐ろしくて手が出ぬか」

「てぇい！」

挑発に乗った井上が上段から斬り下ろすと、石田がかわし、逆袈裟《ぎやくけさ》に斬り上げた。

その刃風《はかぜ》たるや凄まじく、わずかにかすっただけで、井上の小手先から鮮血がしたたり落ちた。

「くっ」

「うははは」

鋭く睨《にら》む石田が、それを機に攻撃に転じた。

次々と繰り出される技に、井上は防戦一方である。鋼《はがね》がかち合う音が響き、気合声と気迫が衝突する。

傷つき、ぼろぼろになりながらも、井上は必死に石田の攻撃を凌いでいる。

見かねた秋太郎が助太刀《すけだち》に入ろうとしたが、泰徳が止めた。

「見ておれ。井上殿が持つ本来の力が出てきておる」

泰徳がそう言った刹那《せつな》、井上は石田に突き飛ばされた。

尻餅《しりもち》をつきそうになるが、切っ先で相手を制し、なんとか体勢を戻した。

互いに正眼に構え、必殺の間合いで対峙する。

「次でしまいだ」

目を見開いた石田が、正眼から上段に振り上げ、斬り下げた。騎馬武者を馬ごと両断すると言われる剛剣を受け、井上の刀が乾《かわ》いた音を発してたたき折られた。

「くっ！」

「死ね！」

石田が井上を一刀両断せんと太刀を振り上げた。

「ぐぁっ」

喉の奥から不気味な声を吐いたのは、石田のほうだ。その胸には、深々と脇差が突き刺さっている。間一髪のところで、井上が父から授かった名刀定宗を抜き、胸に突き入れたのだ。

石田が信じられぬという顔を下に向け、血泡を吹いて仰《あお》向《む》けに倒れる。共に崩れるように、井上が横たわった。白い着物を赤く染めているが、目はしっかりと青空に向けている。

「お見事」

泰徳が声をかけ、駆け寄ろうとしたが、秋太郎に止められた。

「うむ？」

「邪魔ですよ」

言われて、秋太郎が目を向けるほうを見やると、一本杉の下を駆けてくるおなごがいた。

「正峯様！」

もしもの時は、同じ場所で死ぬつもりであったか、白い着物を着た奈緒が、地面に横たわる井上に寄り添った。

「奈緒殿……」

「わたしのせいで、こんなことに……」

「これしきの傷、すぐに治る。奈緒殿は何も悪くないのだ」

奈緒の濡れた頬にそっと手を当ててやると、井上は愛《いと》しげに見つめて言った。

「以前、八卦見のお婆《ばば》が申したであろう。白髪になっても仲睦《なかむつ》まじく暮らす、二人の姿が見えると」

奈緒は何度もうなずき、井上の胸に飛び込んだ。

微笑みながら二人を見ていた秋太郎が、泰徳に言った。

「先生」

「うん？」

「なかなかよいものですね。守るべき者がいるというのも」

「うむ、そうだな」

泰徳もまた、優しい眼差しを二人に向けている。

「帰りますか、江戸に」

「うむ、帰ろう」

二人は顔を見合わせて笑うと、恋女房の顔を早く拝みたいとばかりに駆け出した。

第三話　世話女

一

その日、昼を過ぎた頃、新見左近は藤色の着流しの帯に安綱を落とし、谷中のぼろ屋敷から出かけた。

上野山《うえのやま》をくだって不忍池《しのばずのいけ》のほとりを歩き、寛永寺《かんえいじ》御門前を南に曲がると、門前の通りは、春の陽気に誘われて寛永寺の桜見物に出かけた人々でにぎわい、下谷広小路《したやひろこうじ》をさらに南へくだったあたりまで、人波を縫わねば歩けぬほどだった。

下町のにぎわいを楽しみながら上野北大門町《うえのきただいもんちょう》に辿《たど》り着き、西川東洋の診療所を訪ねると、

「これ、じっとせぬか馬鹿者」

という、東洋の怒鳴り声に迎えられた。

出迎えた女中のおたえが、

「今日は怪我《けが》をした人が多く来られます。それも全員、花見酒に酔っぱらったあげくの喧嘩《けんか》ですって」

おかげで東洋の機嫌が悪いのだと言い、くすりと笑う。

診察の部屋には顔をのぞかせず、廊下に回って奥の客間に通された。

出された熱い茶をすすっていると、治療を終えた東洋が現れ、おたえが部屋の片づけをしている姿を確認して、左近の前に正座して深く頭を下げた。

「殿、お呼び立てして申しわけございませぬ」

「うむ、して、用向きとはなんじゃ」

「はは、実は、今朝ほど如々姫《じょじょひめ》様がまいられましてな。改めて先日のお礼を述べて帰られたのですが、これを殿にお渡ししてくれと」

東洋が、文箱《ふばこ》を渡した。

見事な螺鈿細工《らでんざいく》で梅の枝に止まる鳥が描かれた文箱には、一通の文《ふみ》が入れてある。

東洋は素知らぬ顔をして茶を飲んでいるが、文を開けてみろと言わんばかりに、一言もしゃべらない。

文には徳日藩《とくびはん》を救ったことへの礼と、そのあとのことが書かれていた。

藩主伊丹大隅守の命により、江戸家老牧野長弘は切腹。牧野に荷担《かたん》した者はことごとく国許《くにもと》に戻され、身分降格、または家禄減俸《かろくげんぽう》のうえ、城下の家屋敷は没収。禄高に見合った農地を与えられ、そこから出ることを禁じられた。

ようは、辺鄙《へんぴ》な農地に身柄を移され、藩政に関わることも許されない、生涯軟禁の身にされたということだ。子に代が替われば、お家が藩政に復帰できる機会を与えるという裁《さば》きをくだしたのは、藩主勝昌公の慈悲《じひ》。

殺さず生かせば、藩に恨《うら》みを持つ者も生じず、子孫は藩のために力を尽くすであろうと期待し、この裁きを決断したらしい。

それはさておき、左近はそのあとに書かれていた言葉に目を奪われていた。

――以来、わたくしはもっと世の中を見てみとうなり候《そうろう》。

そこで甲州様を見習い、わたくしも姿を変じて市井《しせい》の民と交流を持ちたいと思いそうらえば、其《そ》の折は、谷中のお屋敷にも立ち寄りとう存じまする。

如如――

お忍びで屋敷を出て、ついでに谷中にも遊びに来ると伝えてきた。

「まずいことになった」

「何がでございます」

「いや……独り言じゃ」

東洋のいぶかしげな目をかわして文を懐《ふところ》に押し込むと、茶を含んだ。

「失礼します」

おたえが声をかけて、廊下にひざまずいた。

「先生、おようさんがお見えです」

「おお、これは、珍しい人が来たな。ここへ通しなさい」

おようとは、左近も面識がある。

西川東洋の旧友に山下考左衛門《やましたこうざえもん》という御家人がいるが、おようはその屋敷に奉公している者だ。

おようは、決して美人ではないが、心根が優しく、多くの者から慕《した》われている。山下家に奉公する前は、長屋で暮らす身体が不自由な年寄りの面倒を見ることを生業《なりわい》にしていて、町の者からは世話女と呼ばれて重宝《ちようほう》がられていた。

山下考左衛門は今年で五十五歳になる御家人だが、若い頃は勘定方《かんじようかた》のお役をいただき、お城勤めをしていたこともある。五年前にそのお役目も解かれ、三十俵二人扶持《ぶち》という低い禄高のために使用人も雇わず、長らく一人暮らしをしていた。

考左衛門は三十の時に妻を病《やまい》で亡くしたが、愛妻への想いを貫《つらぬ》き、後妻をもらわなかった。子もなく、ゆえに一人暮らしをしていたのだが、年老《お》いた考左衛門のことを心配した親戚の者が、おようを雇って屋敷に入れたのである。

そのおようが、おたえに案内されて姿を現した。

藍色《あいいろ》に白の井桁《いげた》模様の小袖《こそで》を着たおようは、左近を見て、

「あら左近様」

と明るい顔をしたが、疲れたようにひざまずくと、東洋にすがるような目を向けた。

「どうしたのじゃ、顔色が優《すぐ》れぬようじゃが」

「先生、あたしもうだめですよう」

「うむ？　何がだめなのだ」

「旦那様ですよう。なんだか様子がおかしくて、くたびれます」

「ぼけたか」

「あら、どうしてそれがおわかりに？」

「へ？」

東洋は冗談のつもりだったのだろうが、おようは真剣だ。

口を開けたままの東洋を見ながら、おようが続ける。

「旦那様ったら、あたしのことをせつ、せつって言われるんですから」

「摂《せつ》と申せば、亡くなった考左衛門のご妻女の名じゃな」

「あたしを奥方様と勘違いされてるようで……」

「うむ？」

「夕べなんか、夜中にあたしの床に入ろうとされたんですから」

「………」

東洋と左近は顔を見合わせた。

「うわっはっはっは」

「笑いごとじゃありませんよう、先生」

「いや、すまんすまん。考左衛門め、妻一筋の男と思うていたが、ぼけたふりをして若い女中の床に潜《もぐ》り込むとは、なかなかやりおる」

「じょ、冗談じゃないですよう、先生、あたしの身にもなってくださいよう」

ふて腐れて言うおようをなだめ、

「よし、ここはひとつわしが行って、ぼけ老人に活《かつ》を入れてやろう。苦薬《くやく》でも茶に混ぜてやるか。あ奴め、きっと飛び上がるぞい」

そう言うと西川東洋、ほんとうに薬を用意した。

しかも、おもしろいから見に行こうと言うので、左近は誘いに乗った。

三人で診療所を出て、上野の町を東に向かった。診療所から考左衛門の家は近い。武家屋敷のあいだを抜け、出羽久保田藩《でわくぼたはん》の広大な上屋敷の横を進んで三味線《しゃみせん》堀《ぼり》に出ると、考左衛門の家はすぐ先だ。

どうしてくれようかと相談しながら堀の横を通っていた三人であるが、ぴたりと足を止めた。

前から歩いてくる考左衛門の姿を見かけたからだ。

白髪の鬢頭《びんあたま》に茶色の羽織袴《はおりはかま》姿《すがた》の考左衛門は、久々に公《おおやけ》の用事でもあるのか、腰に大小を手挟《たばさ》んでいる。

東洋が声をかける前に向こうも気づき、笑顔で手を挙げてきた。

「西川東洋ではないか。久しぶりじゃな。相変わらずよい艶《つや》をしておるの」

顔ではなく無毛の頭を見て言った。

「……おぬしこそ、いろいろ元気そうで何より」

「なんじゃ、年寄りみたいなことを申して。それよりすまぬな、父上のためにわざわざ足を運ばせて。摂、診察が終わったら酒を忘れぬようにな。この男は、うわばみだからのう。おお、いかん。出仕《しゅっし》に遅れるので行くぞ」

「どこへ出仕するのだ」

「寝ぼけたことをぬかすな。お城に決まっておろうが」

考左衛門は左近に頭を下げると、颯爽《さっそう》と歩み出した。

一見するとお城へ出仕する格好だが、足下《あしもと》を見れば、片方は草履《ぞうり》、片方は素足である。おまけに、突き当たりを城とは逆の方向に進んだ。

「や、これはいかん」

東洋が愕然《がくぜん》として言い、およう に家で待っていろと告げて、あとを追った。

「どうしたのだ」

左近が訊《き》くと、

「まことに正気を失《うしの》うております」

と言い、東洋が深刻な顔をした。

結局、考左衛門は三味線堀の西側にある大名屋敷の周囲をぐるりと徘徊《はいかい》し、己の家に帰った。

背筋をぴんと伸ばし、颯爽とした足取りで竹屋根の粗末な門を潜《くぐ》ると、玄関の前でぴたりと止まる。

質素な家だが、考左衛門は満足したような顔で我が家を見上げ、周りを見回す。

「今帰った」

慌《あわ》てて隠れた左近と東洋がうかがっていると、

と、土間の奥に向かって堂々と言い、

「摂、おらぬのか」

と出迎えを待っている。

声に気づいたおようが出てくると、

「なんじゃ、おるではないか」

「お帰りなさいませ、旦那様」

「うむ、今帰ったぞ」

踏み板の前で三《み》つ指《ゆび》をついて頭を下げるおように満足した考左衛門が、汚れた素足のまま座敷へ上がった。

左近と東洋が現れたのを見て、おようがなんとも言えぬ疲れたような顔をして、首をかしげている。

家に上がり込んだ左近と東洋が、居間にいる考左衛門のところに顔を出すと、

「おお、東洋じゃないか、久しぶりじゃな」

そう言って、およように酒肴《しゅこう》の用意を命じた。左近のことは忘れているのか、不思議そうな顔で見ていたが、何を思ったか、ぎょっとして後ずさり、

「上様！」

ははぁ、と平伏《へいふく》したのには、左近のほうがぎょっとした。

酒肴を持ってきたおようもぎょっとしたので、東洋が慌てて笑った。

「おい、おぬしは何を申しておるのじゃ。よう見よ、新見左近殿じゃ」

「馬鹿を申すな。おそれ多くも、将軍家光《いえみつ》様ではないか。さては、またお忍びで城を抜けられましたな、上様」

平伏したまま口にし、一介《いっかい》の御家人の家に来るなど酔狂《すいきょう》なお振る舞いはいけませぬと、小言まで言った。

左近は呆気《あっけ》にとられて、東洋と顔を見合わせた。

すると何を思ったか、東洋が耳打ちしてきた。

「……本気か」

「考左衛門が幼《おさな》き頃に、お忍びで市中に出られた家光公をお見かけしたことがあると自慢しておりましたので、その記憶が残っているのでしょう」

「しかし……」

東洋はさらに声音《こわね》を低くした。

「血は争えませぬな。お祖父様《じいさま》の面影《おもかげ》があるのでございますよ」

「…………」

「ささ、こ奴を助けると思うて、頼みまする」

「うむ」

左近は急に胸を張り、居丈高《いたけだか》に言った。

「のう、考左衛門とやら」

「は、ははあ」

「余《よ》だと、ようわかったのう」

「一介の御家人と申しても、れっきとした上様直臣《じきしん》。一度、ちらりとでもご尊顔《そんがん》を拝《はい》したてまつれば、決して忘れることなどありませぬ」

「うむ。よう申してくれた……考左衛門」

「はは」

「これからも、徳川のため、世の民のために力を尽くせ」

「はは！　この山下考左衛門、身を粉《こ》にして働きまする」

「うむ、今日は城の外に出てよかった。じゃが、よいか、ここへ来たこと、内密にな」

「決して、他言はいたしませぬ」

「うむ、それでこそ我が家来じゃ」

左近は宝刀安綱をにぎって立ち、

「では、城に戻る」

大仰《おおぎょう》に言い残し、そのまま帰った。その威厳に満ちた態度は、やはり持って生まれたものがある。

「はっ、ははあ」

「ははあ」

平伏する考左衛門に釣られて、およう
も平伏していた。

東洋が空咳《からせき》をしておようを正気に戻すと、

「おぬしも役者じゃな」

そう言って、はぐらかした。おようが、神々《こうごう》しいものを見たように手を合わせて、左近が去ったほうへ向いていたからだ。

「ささ、およう、酒を注いでおくれ」

「あ、はい」

杯《さかずき》を傾《かたむ》けて喉《のど》を潤《うるお》すと、考左衛門に杯を渡し、さりげなく訊く。

「ところでおぬし、歳はいくつになった」

「わしか、今年三十になる」

「……奥方は？」

「…………」

およう答えあぐねていると、

「摂か、摂は二十五じゃ」

と、考左衛門。

「なるほどのう」

「それがどうした」

「いや、奥方殿、ちと、はばかりを借りたいのじゃが」

そう言って、おようをその場から連れ出した。

「よいか、およう」

「はい」

「しばらくのあいだ、あ奴のご妻女の真似《まね》をしてくれぬか」

「ええ？」

「何も態度を変えることはない。これまでどおり世話をする時だけ、摂殿になってやってくれ。頼む、このとおりじゃ。手当ては、わしからもはずむから」

「それはまあ、今のままでよろしいのでしたら……でも、夜が大変なんですよう」

「寝る前にこれを飲ませれば、朝まで目をさまさぬ。そなたの床へも潜り込むまい」

東洋は秘薬を渡し、

「これも、かなり苦いからの。いやがるようなら砂糖湯にでも入れるがよい」

「そんな高価な物、この家にはありませんよう」

「では、これで」

東洋は手当て分も含めて一両渡し、また明日様子を見に来ると告げて、診療所に戻った。

二

浅草花川戸のお琴の店にやってきた新見左近は、奥の部屋に横になり、のんびりと庭を眺《なが》めていた。

夕暮れ時だがまだ青い空を見上げ、ゆっくりと流れる雲を眺めながら、昼に会った考左衛門のことを思い出していた。

お琴が店から奥に来て、寝転んでいる左近の横にひざまずくと、何を見ているのかと空を見上げた。

「なあ、お琴」

「なあに、左近様」

「人は年を取ると、今の己を忘れることがあるのだな」

「そういう方もおられるとは、聞いたことがありますけど。お知り合いのどなたか、そうなられたのですか」

「うむ」

左近は座りなおすと、お琴に顔を向けた。

春らしい桜色の小袖が、色白の顔によく似合っている。魔除《まよ》けだという目尻の紅《あか》い化粧が、きりりとした横顔を一層引き立てている。

その横顔から視線を下げて、濡《ぬ》れ縁《えん》の板の模様を見ながら、考左衛門のことを話して聞かせた。

「それはお気の毒に……お女中の方も、大変ですねぇ」

「おようは、世話女で名が知れていると聞いたが」

「ああ、お女中は、おようさんでしたか」

あの人なら大丈夫ですよ、とお琴が言う。これまでも、そのような老人の世話をしているらしかった。

「でも、何もなければいいけど」

「今大丈夫だと申したではないか」

「お二人のことじゃなくて、周りの人のことです」

「うん？」

「正気を失っておられるなら、誰が跡を継ぐだとか、財をどうするだとか、親戚の方が言ってくるんじゃないかと思って」

確かにそうであるなと言って、左近はまた寝転んだ。

禄高が低いとはいえ、将軍家直参《じきさん》の御家人だ。親戚の者たちが、山下家をみすみす潰すようなことはしないだろう。

だが、跡目相続で家が揉《も》めれば、人の関係は泥沼となる。それは将軍家だろうが、一介の御家人だろうが、一緒だ。いや、家が大きければ大きいほど、血で血を洗う、凄惨《せいさん》なものになる。

左近がため息をついたので、お琴が顔をのぞき込んだ。

「何か、心配ごとでも？」

「いや、今日見た限りでは、何もなさそうだったが」

「……？」

「考左衛門のことだ」

お琴は桜色の唇《くちびる》の口角を上げて笑みを浮かべ、庭に顔を向けた。

「左近様は、人のことばかり考えているのですね」

「うん？」

「もっと、自分のことも考えてくださいな」

「いきなりどうしたのだ」

「この前だって、お屋敷に人を匿《かくま》われて大変だったのでしょう。およねさんには助けを求められたようですけど」

「………」

左近は閉口した。

視線を戻したお琴の顔が、なんだかむくれているように見えたのは、気のせいだろうか。

お琴が立ち上がり、およねと夕餉《ゆうげ》の相談をすると言って店に戻ったので、はっきりとはわからなかった。

それから一刻（約二時間）が過ぎ、いつもの四人で夕餉をとっているところへ、西川東洋が顔をのぞかせた。

近くの大店《おおだな》へ往診《おうしん》に来た帰りだと言い、角樽《つのだる》を手に提《さ》げていたので、権八が大喜びした。

「先生、なんか祝いごとでもあったんですかい」

「ああ、橋元屋《はしもとや》のお内儀《ないぎ》の病が治ったので、そのお礼にいただいた酒じゃ。皆で飲もうと思うてな」

「いつもいつも、すみませんねぇ」

樽を受け取ったおよねが、さっそく酒を温めてきた。

ちろりを手にした東洋が、

「さ、権八さん」

「こりゃどうも、おっとっと……」

権八が、注いでもらった酒を飲み干した。

「……ああ、こりゃうめえ。へえ、そうですかい、橋元屋のお内儀がね。そりゃ、ようござんしたね」

「お前さん、知ってるのかい」

「いんにゃ」

「なんだい、嬉しそうだから知ってるのかと思ったよ」

「馬鹿やろ、お前、誰だろうと病が治ったと聞きゃ、嬉しいに決まってら」

「とか言ってさ、酒が飲めて嬉しいだけだろう」

「うひひ、ばれたか」

「まったく、調子がいいったらありゃしないよ」

左近が鼻で笑い、東洋に酒をすすめながら訊いた。

「それはそうと、考左衛門殿のほうはいかがか」

「ふむ……」

東洋は杯を膳《ぜん》に置き、

「そちらは、どうもいかぬな」

「治らないんですか」

お琴が訊くと、東洋がうなずいた。

「自分が三十歳だと思うておる。ああなっては正気には戻らぬし、先も長《なご》うはなかろうて」

東洋は深いため息をついて杯を持つと、一気に喉へ流し込んだ。そして膳を見つめるように視線を下げて、おように頼んできたことを話した。

「女中を女房だと思い込んでるなんて、なんだか気の毒だねぇ」

話を聞いたおよねがしんみりと言い、着物の袖で目頭《めがしら》を押さえた。それを見た権八もぐしゅりと洟《はな》をすすり、

「外を歩き回るのがよくねえな。うっかり堀川にでも落ちたらそれまでだぜ」

と、目をしばたたかせている。

「目が離せぬとなると、およう一人では重荷なのじゃが、できるだけ、二人で過ごさせてやりたいのじゃ。おようも承諾してくれているしな。わしも、暇《ひま》を見つけて診《み》に行くつもりじゃ」

こればかりはつける薬がないと、東洋は悔しげに言った。

「おい、かかあ。おれがそうなったら、その……よろしくな」

権八が、まるで次は自分だとばかりに暗い声で言う。

「やだよ、お前さん、何心配してるんだよ」

「だってほら……」

「困った人だね、まったく。あの病はね、おつむりがよい人がなるんだから心配しないの」

「あっ、そうなの？」

「そうだよ。お前さんには縁がないよ」

「ふぅん、なら心配ねえや」

馬鹿と言われて喜ぶのは、権八ぐらいしかおるまい。

左近は一口酒を含み、杯を置いた。

「先生、考左衛門殿には、親戚がおるのか」

「ええ、妹が一人」

「およう さんを雇ったのは、その妹さんか」

「ええ、妹夫婦だと聞いておりますが」

「武家なのか」

「いえ、日本橋《にほんばし》で亀屋《かめや》という油問屋を営んでおります。貧乏な兄とは違い、妹のほうはずいぶんと羽振りがよいとか。妹はよいところへ嫁入りしたと、考左衛門から何度も自慢されましたよ」

「なるほど。それで、およようさんの給金も出せるということか」

「はい」

「では、考左衛門殿がこの世を去れば、山下家は断絶じゃな」

「どうなりましょうなぁ、亀屋の次男が養子に入るという話もあるそうですが」

「ほう」

「おようが申すには、本来ならもう入っておったはずなのですが、考左衛門があのようなことになってしまいましたので、縁組が調《ととの》っていないとか。早く決断しておれば安泰《あんたい》でしたが、どうも、その次男が曲者《くせもの》のようでしてな」

「曲者、とな」

「はい。素行が悪いらしく、あのような者は養子にはできぬと考左衛門が言い出して、妹とよく揉めておったそうなのです」

「おっ、なんだかおもしろくなってきたぜ」

権八が身を乗り出したものだから、およねに月代《さかやき》をぺしりとたたかれた。

権八はそれにもめげず、

「その爺さんはあれだな、ぼけたふりしてんな、きっと」

自分だけ、うん、とうなずいて決めつけた。

「妹があんまりがたがたぬかすから、いやになったんだぜ」

「それならよいのじゃが……」

医者である東洋の目には、そうは見えないようだ。

左近が問う。

「して、その亀屋の次男は、どのような者なのだ」

「歳は二十七にもなっておりますが、未《いま》だ養子にも行かずに亀屋で部屋住みの身。かといって家業を手伝うでもなく、遊び暮らしているようです」

「ひょっとして、そいつの名は次郎《じろう》ってんじゃ」

東洋が権八に酒をすすめながら、訊く顔を向ける。

「知っておるのか」

「知ってるも何も先生、今思い出した。亀屋の次郎といやあ、日本橋あたりじゃろくなもんじゃねえって評判ですぜ。酒に博打《ばくち》はもちろん、何人の女を泣かしてるか。亀屋の銭に物言わせ、八丁堀の旦那も目をつむってるって噂《うわさ》もありやす。

そんな野郎が御家人にでもなりくさったら、それこそ手がつけられねえや」

「そうでもないだろ、お前さん。公方《くぼう》様のご家来衆になったら、案外、真面目になるんじゃないのかい」

「なるもんかい。本所深川あたりの御家人を見てみろや。奉行所が手を出せねえもんだから、やりたい放題じゃねえか。あれにくらべりゃ、おめえ、やくざなんて可愛いもんだぜ。そんな野郎を御家人にしたら、狼《おおかみ》を野に放つようなもんだ」

「それもそうだねぇ。悪い侍が増えたらいやだねぇ」

「まあ、考左衛門があのままなら、案ずることはあるまい」

「ほんとかね、先生」

「うむ、あれじゃ、お上に届けができぬからの。すでに何か書いた物でも残しておれば別じゃが」

「考左衛門さんのことを妹さんが知ったら、どうするだろうね」

およねの疑問に、権八が答える。

「まずは、遺言状を書いちゃいねえかと、家中捜すんじゃねえのか」

「あるならそれに越したことはないが、どうなることやらの。まあ、しばらく様子を見るとしよう」

東洋が不安そうに言い、杯を口に運んだ。

三

皆の心配をよそに、考左衛門は平穏な日々を送っていた。

おようがよく世話をするものだから、一日を快適に過ごし、夜は夜で、例の秘薬によってぐっすり眠る。

おようが驚いたのは、苦いと言われていた薬をそのまま飲ましてみたところ、考左衛門が甘いと言い、嬉しげに飲んだことだ。残ったのを試しに舐《な》めてみて、あまりの苦さに身震いした。

老いさらばえて自分を見失い、味覚までわからぬようになった考左衛門の姿を見るうちに、およウはなんだか可哀そうになり、思わず胸に抱きしめた。

薬はすぐに効き、考左衛門は胸の中で寝息を立てている。

そんな夜が明けた次の朝、考左衛門はいつものようにお粥《かゆ》の朝餉をすませると、縁側に座って日の光を浴びていた。

だが、おようが片づけをしているあいだに、考左衛門は急にきりりとした目となり、すっくと立ち上がった。迷わず床の間へ行き、刀掛けから大小を取って腰に手挟むと、庭から外に出た。

老人とは思えぬ速さで道を歩み、筋違御門《すじかいごもん》を通って神田橋御門《かんだばしごもん》へ向かい、そこから曲輪《くるわ》に入って、堂々と大手門《おおてもん》を潜ろうとしたのだが、目の前で六尺棒《ろくしやくぼう》が交差され、門番に止められた。怪《あや》しい奴だと思われたのだ。

「ここから先へ行くことまかりならぬ。帰れ！」

大声で怒鳴られた考左衛門は、堂々とした口調で返す。

「無礼な。それがしは勘定方、山下考左衛門。大手門内下勘定所《しもかんじようしよ》でお役目を果たすべく参上つかまつった。お通しくだされ」

考左衛門の迫力に門番たちは一瞬たじろいだが、足下を見てまた表情を厳しくした。

「ええい、帰れと言ったら帰れ！」

六尺棒で押され、考左衛門は尻餅《しりもち》をついた。

汚れた素足を上に向けて倒れると、登城途中の武士たちに笑われた。

その中で、

「や、山下殿ではござらぬか」

と、声をかける者がいた。

かつて共に下勘定所で働いていた者らしく、

「おわかりですか、平野《ひらの》です、平野高久《たかひさ》です」

笑顔で懐かしげに言い、手を伸ばしてきた。

考左衛門はきょとんとしているが、平野は構わず手を取って立たせると、裸足《はだし》のままで外を歩き回る老人の姿に、哀《あわ》れみの表情を向けた。

「今日のお勤めはお休みですよ、山下殿」

気を利かせて言ったのだろうが、考左衛門は納得しないようだ。

「馬鹿を申すな、今日は出仕の日じゃ」

「弱ったなぁ」

「ほっとけ、ぼけた爺様を相手にしてもきりがないぞ」

苦笑いをする平野に、中年の同僚が声をかけた。

「誰がぼけじじいじゃ、無礼者」

「なんだ、正気なのか」

「それがし、身分は低うござるがな、先日などは、将軍家光公より、山下よ励《はげ》めと、直々《じきじき》にお言葉をもろうたのじゃぞ」

「………」

皆唖然《あぜん》として顔を見合わせていると、

「そう、うらやましがるな。おぬしらも真面目に励んでおれば、いつか会《お》うてくださる」

考左衛門は胸を張って言った。

没後三十年にもなろうかという将軍に会ったと自慢する老人に呆《あき》れ、どこか吹き出すような笑いが起こると、考左衛門も満足したような笑みを浮かべてから、すぐに真顔となり、

「では」

と頭を下げて、来た道を帰った。

呆気にとられる城の者たちを尻目に、颯爽と歩んでいく。

「ああ、旦那様が帰ってきた、帰ってきましたよう」

およUの声に振り向いた西川東洋は、三味線堀のほとりを颯爽と歩む老人の姿を見て、ほっと胸をなでおろした。

様子を見に来たところ、およUが大騒ぎしていたので、東洋も町役人《ちょうやくにん》と共に捜していたのだ。

「旦那様、捜しましたよう」

泣きべそをかいているおように気づいた考左衛門が、ぴたりと足を止めると、

「おい、摂。そなた、こんなところで何をしておる」

不思議そうに言い、

「辛《つら》そうだが、また身体が痛むのか」

と、優しい顔で続けた。

考左衛門の妻、摂は、頭の痛みに苦しみながら、この世を去っている。その記憶が鮮明《せんめい》によみがえっているのか、泣きべそ顔のおようの額《ひたい》に優しく手を当てて、

「今日やっとお役目が終わったからの、二日はゆるりとできる。さ、家に帰ろう。そうじゃ摂、そなたが好きなまんじゅうでも買《こ》うて帰るか、どうじゃ」

おようがかぶりを振ると、考左衛門は優しい顔で手をにぎり、家に連れて帰った。

東洋がそれとなくあとを追って家に上がり込むと、考左衛門はおようの手を放し、自分の部屋に向かった。

声をかけようとしたおようを東洋が制して、静かに行動を見守る。すると、お

ようが使っている鏡の前を通った考左衛門が、ふと立ち止まり、鏡をのぞき込む。

そこに映《うつ》った自分の顔に向かって、

「おお、父上、ただ今戻りました」

と平然と言い、自分の部屋の壁に向かって正座すると、ぶつぶつ何か言い出した。

「やれやれ」

大きなため息をついた東洋が、下《しも》のほうはどうしているのかと訊くと、おようは、自分が世話をしていると答える。

（はて）

と、東洋はこころの中で首をかしげた。先日は疲れ果てたような顔をしていたおようが、肌の色艶《いろつや》もよく、生き生きと明るく見えたのだ。

「今日は久々に大騒ぎになりましたけどね。普段はああして、一日を過ごされるのですよ」

そう言って考左衛門を見るおようの目が、優しげに見えたのは気のせいだろうか。

「おおそうじゃ。そろそろ、夜の薬が無《の》うなる頃だろうと思うて、持ってきたぞ」

「まだ五つほど残っていますよ、先生」

「はあ？」

渡して今日で五日目だが、まだ二つしか使っていないらしい。

「調子がよいのか」

「ええ、ぐっすりお休みになられます」

「ほほ、それは何より。薬はなるべく飲まぬほうがよいからな」

そう話している時だった。表で女の訪《おとな》う声がしたかと思うや、

「ごめんくださいな。兄上はいるかしら」

と、棘《とげ》を含んだ声音で障子を開けた。

ぱっと目立つ派手な着物を着た女が、東洋の存在に一瞬目を丸くしたが、すぐに気を取り直し、高飛車《たかびしゃ》な態度でおようを見下ろしている。

見るからに性格がきつそうな中年の女は、家の中に漂う尿《にょう》の臭《にお》いに顔を歪《ゆが》め、袖で鼻を覆《おお》った。

「聞こえたでしょう。兄上をここへ連れてきてちょうだいな」

これ以上、奥には行きたくないとばかりに、おように命じた。

「それがあの、旦那様は今……」

「ぼけているとでも言いたいのでしょうけど、その手には乗らないわよ」

「ええ？」

「次郎を養子にしたくないから、ぼけたふりをしているだけよ」

「……………」

「何してるの、さっさと連れてきなさい。番頭さん、例の物と硯《すずり》を用意してちょうだい」

「はい、女将《おかみ》さん」

玄関に控えていたのだろう。外から声がして、大店の番頭らしき身なりをした男が現れると、手際よく準備を整えた。

どうやらこの女は、考左衛門の妹。確か名は、

「……伊鶴《いづる》だ」

鶴が亀に嫁入りした、と喜んでいた考左衛門の言葉を思い出し、思わず東洋が口にしたものだから、きっと睨《にら》まれた。

「ほれ、わしじゃ、西川東洋じゃ」

「ええ、存じておりますよ」

それが何かと言わんばかりに、冷たい目を向けてくる。

およう に手を引かれて、考左衛門が出てきた。

伊鶴がここに座らせろと言い、文机《ふづくえ》の前を指し示す。

言いつけどおり、およう が座らせると、考左衛門はおとなしく従って、じっと伊鶴を見つめている。

「兄上、今日こそは、はっきりしてもらいますよ」

「……………」

考左衛門は無表情で伊鶴を見ていたが、文机に広げられた書状にゆっくり視線を下げ、また伊鶴を見た。

「これはこれは、わざわざ来てくださらなくとも、それがしがおもむきましたものを。この考左衛門、お役目しかと、承《うけたまわ》りました。お奉行様に、よろしくお伝えくだされ」

「そんな芝居は通用しませんよ、兄上。このまま山下家を潰すおつもりですか」

「……………」

考左衛門は無表情のまま、口をむにむに動かしている。

「わかったら、この書状に名前を書いてちょうだい。あとのことは、あたしたちでやりますから」

伊鶴が番頭にうなずき、手助けするよう命じる。

筆に墨《すみ》をつけた番頭が、考左衛門の右手に筆をにぎらせ、無理やり書かせようとした。

すると考左衛門が、わけのわからぬ言葉を発して暴れた。突き飛ばされた番頭が、後ろにひっくり返り、障子を突き破って、廊下に転げ出る。

「兄上！」

伊鶴が顔を真っ赤にして怒ったが、考左衛門は聞こうとしない。それどころか、伊鶴につかみかかろうとした。

「旦那様！　おやめください！」

咄嗟《とっさ》におようが身体を入れて、考左衛門を止めた。

がぁがぁ唸《うな》っていた考左衛門が、急におとなしくなり、

「摂、腹が減ったわい」

と、優しい口調で言う。

「兄上――」

「おのれ、まだいたか！　この泥棒猫め！」

「旦那様、いけません」

必死に押さえるおようだが、男の力には抗《あらが》いきれぬ。

「おい、考左衛門！」

東洋が後ろから肩をつかんで、やっと押さえ込んだ。

「伊鶴様、どうか、日をお改めになってください」

おようが言うと、伊鶴が恐ろしい目で睨みつけ、養子縁組の願い書をむしり取るようにして帰っていった。

「女将さん、お待ちください、女将さん」

番頭がおざなりに頭を下げて、あとを追って出ていく。

「伊鶴の奴め、勝手なことを申しおって」

考左衛門がまともな口をきいたので、東洋とおようは顔を見合わせた。

「おぬし、やはり芝居であったか」

「なんじゃ、その芝居とは」

東洋の手を肩から離すと、考左衛門は着物の襟《えり》を正しながら言う。

「あ奴め、どうせ父上の財が目当てであろう。まだ生きておられると申すに、けしからん奴じゃ。東洋、して、父の具合はどうであった」

「……うん、まあ、それはな」

どうやら、父の往診に来たと思っているようだ。がっかりした東洋は、

──おぬしの父は、十年も前に亡くなっておるではないか。

とは、言えなかった。

四

庭に立てられた朱塗《しゅぬ》りの灯籠《とうろう》が、淡《あわ》い明かりを放っている。

その明かりに浮かぶ満開の桜が、ゆるりと吹いた風に花びらを乗せて風情《ふぜい》を引き立てている。

三味線《しゃみせん》の音が風に乗り、他の座敷にも微《かす》かに聞こえているが、唯一、障子が閉め切られた座敷の奥から、せっかくの風情を台無しにする醜《みにく》い笑い声がした。

料理茶屋の庭の風流な景色とは裏腹に、この座敷では、欲に侵《おか》された者どもが腐った息を吐きながら、悪事の相談をしているのだ。

油にぬめぬめとした唇を歪めて笑う侍が、いかにも偉そうな態度で酒を飲むと、前に座る男に杯をつかわした。

「次郎、安心して待っておれ。このわしが、うまく取り計ろうてやるからのう」

「……はい」

「考左衛門から家督《かとく》を譲り受けるまでは、ちとおとなしゅうしておれよ」

「…………」

「次郎、返事をなさい」

伊鶴が、おもしろくなさそうな顔をする息子を叱《しか》った。申しわけなさそうな目を侍に向けると、

「加山様《かやま》、頼れるのはあなた様だけにございます。どうぞ、よろしくお願いいたします」

と侍を持ち上げるようにして、頭を下げた。

頃合いよく番頭が前に出て、袱紗《ふくさ》に包んだ切り餅《きもち》二つ（五十両）を膝下《ひざもと》に差し出す。

侍は当然のように切り餅を取り、袖に納《おさ》めた。

「ところで、例のことだがな……」

加山某《なにがし》が、声を潜《ひそ》めて言う。

「……考左衛門の名が直筆で書かれた物があれば、手本になるのだが」

「それはつまり、お上に出す養子縁組の願い書に、誰かが兄の名を写すと……」

「そのほうが、手っ取り早く片をつけられよう」

「……」

「あるのか、どうなのじゃ」

「実家に行けば、何かありましょうから、明日にでも行って、手に入れてまいります」

「うむ。くれぐれも悟《さと》られぬようにな」

伊鶴はうなずき、息子に目を向けて言った。

「次郎、もうすぐ夜遊びができなくなるのだから、今夜はこれで、たっぷり遊んできなさい。でもいいですね、明日から加山様に、あなたが武士として生きていけるよう鍛えてもらうのですから、しっかり学ぶのですよ」

伊鶴が懐から小判三枚を渡すと、次郎は何も言わず、ふて腐れた態度で座敷から立ち去った。それに合わせて番頭も席を立ち、障子を閉め切って、その場をあとにする。

残った二人は互いの顔をほころばせ、伊鶴がしなを作ってそばに寄る。

慣れた様子で加山の胸に抱かれた伊鶴に、

「おぬしも変わったおなごよのう。次郎をたかが三十俵の御家人にせずとも、亀屋ならもっとよい婿《むこ》入り先があろうが」

「うふふ」

「なんじゃ、わしとおぬしの仲ではないか。隠さず教えろ」

などと言いながら、伊鶴の着物の襟に手を忍ばせた。

「お旗本の加山様にとっては少ない禄高なのでしょうけど、こうしてお願いしたのは、その先があるからでございますよ」

「うむ？」

「あの子には、板垣《いたがき》様の一人娘との縁談があるのです」

「板垣と申せば、次期漆《うるし》奉行《ぶぎょう》と噂される、あの板垣か」

「若い二人が、ひょんなことから相惚《あいぼ》れの仲になりましてね。どうしても一緒になりたいと……」

伊鶴が自分の腹に手を当てて、意味ありげな笑みを浮かべた。

「娘の腹に、子がおるのか」

「はい」

「では何も、考左衛門など相手にせずとも、とっとと婿に入れたらどうじゃ」

「それができれば苦労はしませんよ。町人の息子をそのまま板垣家の養子にはできぬ。一旦山下家の養子となり、武家としてなら婿入りを許す、と申されて……。それができなければ、娘を勘当して、しかるべき家から養子を入れるとまで言われたんですから」

「目の前に奉行職がぶら下がっておるから、婿が町人では都合が悪いか」

「そのようです」

「なるほど」

「次郎が油漆奉行の一門になってくれれば、油で商《あきな》いをする亀屋にとっても好都合」

「こ奴、ご公儀の御用達《ごようたし》を狙《ねろ》うておるな」

「うふふふ……」

伊鶴が加山の袖に手を差し入れ、腕を優しくなでながら言った。

「……御用達をいただければ、主人が商いの手を広げられるようになって、あなた様のここにも、たっぷりお礼が入りますわよ」

「うふ、ぐふふふ。それは嬉しいのう」

「ですから、養子縁組の根回しのこと、お願いしますよう」

「ご公儀への根回しはまかせておけ。しかし、あの次郎がな。ふふ、先が楽しみじゃ」

「我が子の出世ですからね」

「それは、言わぬ約束じゃ」

「ふふふ、そうでした」

「ぐふ、ふふ」

「うふふふ」

二人は唇を重ね、そのまま横になった。

「旦那様、旦那様」

およう がいくら呼んでも、考左衛門が起きてこない。

いつもはとっくに目をさまして、庭を眺めたり、朝餉の支度をするおようの邪魔をしに来たりするのだが、今朝は静まり返っている。

味噌汁《みそしる》の味を確かめていたおようは、

「まさか」

と急に胸騒ぎがして、食器を放り投げて座敷へ駆け上がった。

「旦那様っ！」

寝所の襖《ふすま》を開け放つと、おようは絶句した。

布団の上に正座した考左衛門が、抜き身の刀を天井に向けて、じっと刀身を眺めていたのだ。

（まさか自害する気では）

おようはわっと、手を押さえようとした。

「来るでない！」

大音声《だいおんじょう》で怒鳴られ、ぎょっとして尻餅をつく。

「何度言わせるのじゃ、摂。わしがこうして刀を手入れする時は、近づいてはならぬと申しておるだろう」

「えっ……」

刀を見つめる考左衛門の横顔に身がすくみ、声が出なかった。

いつもはゆるんだ表情しか見ていないおようであったが、考左衛門の真の姿を見たような気がしたのだ。

黙ったまましばらく様子を見ていると、考左衛門は納得がいったようにうなずき、刀を鞘《さや》に納めた。そしてそのまま寝間着の帯に差すと、

「出仕の刻限じゃ」

声音を低くして、庭に出ようとする。

「旦那様、朝餉がまだですよ」

おようが言うと、ぴたりと足が止まった。

黙ってくるりと向きを変え、膳の間へ歩み出す。

おようは、その腰にしがみつくようにして刀をそっと抜き、寝間着を脱がせた。つんと鼻を突く異臭が漂う中、おようは顔色ひとつ変えずに下の世話をすませた。

手を取って膳の前に座らせると、手早く支度をすませ、

「旦那様、ご飯を食べましょうね」

と優しく声をかけて食べさせてやる。

好物の玉子焼きがある時は、飯を五杯もおかわりすることもあり、最近のおようは、食欲旺盛《おうせい》な考左衛門の世話をするのが、嬉しくてたまらない。

まるで幼子《おさなご》に食事をさせる母親のように、優しい笑みを浮かべている。

満腹になると、考左衛門は縁側に座り、今朝のように天気がよくて春の日差しが心地よい日は、何刻《なんどき》でも庭を眺めている。

およはその背中を見ながら、縫い物をはじめた。

「おはよう」

表で訪う声がして、およは玄関に向かった。すると、伊鶴が相変わらずいやそうな顔をして、家を見回しながら待っていた。

「亀屋の女将さん」

土間に下りたおようが頭を下げると、

「兄上はいるかしら」

「はい、縁側でお庭を眺めておられます」

「ああそう。今日は調子がよいのかしら」

「はい」

「それじゃあさぁ、お昼まであたしが見ていてあげるから、縁日にでも出かけてきなさいな」

「へ？」

「ほら、あなた、まだ若いんだから、たまにはお友達と遊んできなさいな。ね、あっ、そうだ、これお小遣《こづか》い」

「そんなにいりません」

「たったの一分じゃないの。ほら、遠慮しないの」

およようの手に押しつけるようにしてにぎらせると、伊鶴は座敷に上がった。

およようは考左衛門のことが気になったが、伊鶴からの初めての優しい気遣いを断るのもどうかと思い、

「では、お言葉に甘えて……」

「ええ、ゆっくりしておいで」

ぺこりと頭を下げて、おようは出かけた。

門から出ていく背中を見送った伊鶴は、考左衛門が庭を眺めている姿をそっとうかがうと、奥にある部屋に忍び込んだ。そこは以前、亡くなった考左衛門の妻の摂が使っていた部屋であり、そのままの状態にされている。

伊鶴が摂の部屋に忍び込んだのは、考左衛門が摂に送った、最初で最後の恋文を捜すためだ。

摂がこの家に嫁《とつ》いできたばかりの頃、まだ小娘だった伊鶴は、摂から恋文の話を聞き、せがんで見せてもらったことがある。手つかずの状態で保存されているこの部屋には、その恋文があるはずだと、夕べ加山と肌を重ねている時に思い出したのだ。

摂が嫁入りの際に持参した桐簞笥《きりだんす》を探っている時、人が近づく気配を感じた。振り向くと、わずかに開いていた襖の隙間《すきま》からのぞく目がある。はっとなって簞笥から離れると、襖が開けられ、考左衛門が姿を現した。

考左衛門は、じっと伊鶴の顔を見ていたが、

「母上、なんぞ摂にご用ですか」

と、真顔で問うてくる。

伊鶴はぎょっとしたが、自分を母と思っていると気づき、咄嗟になりすました。

「え、ええ。そうなのよ、考左衛門。嫁はいないのかしら。預けていた文を返してもらおうと思ったのだけど」

「さようでしたか、あははははぁ」

考左衛門はにんまりと笑い、背を返して去った。

苦しげに胸を押さえた伊鶴が、気を取り直して簞笥を探る。

「あった、これだ」

白い紙に包まれた文の中身を確かめた伊鶴は、表情を曇らせる。

最後に書かれているはずの考左衛門の名が、考の一文字しか書かれていなかっ

たのだ。

「これでは、公《おおやけ》の書状として認められないわ」

伊鶴はさらに箪笥を探ったが、他に使えそうな書状はひとつもない。

考左衛門が縁側にいることを確認した伊鶴は、次に考左衛門の部屋を捜した。

文机、手箱、床の間の小間物入れ……それこそ、

――盗っ人のような。

振る舞いで、手当たり次第に捜した。

すると、床の間の横の屏風《びょうぶ》入《い》れの中に、書状らしき包みを見つけた。

手にしてみると、古い物ではないように思える。

もう一度、考左衛門の姿を確認してから書状を読んだ伊鶴は、怒りに顔を赤く染めて、文を持つ手に力を込めた。

引きちぎってやろうかと腕を上げたが思いとどまり、懐に押し込めた。縁側で空を眺める考左衛門に憎しみの目を向けると、伊鶴は逃げるように帰っていった。

その日の夜、昨日と同じ料理茶屋の奥座敷で、伊鶴と次郎、そして加山の三人は、文机に向かう男の背中を睨むようにして、今か今かと待ちわびていた。

重苦しい空気が一同を包む中、髪を肩まで伸ばした書道家の男が、深い息を吐いて筆を置いた。

「できたか」

加山が聞くと、

「はい。これならば、見破られることはございますまい」

まだ若い書道家の男が、己が書いた字と、考左衛門の字を並べて見せた。

「確かに。うむ、見分けがつかぬ」

加山が安心したように言い、伊鶴と次郎が安堵《あんど》の息を吐いた。

「これで、次郎は板垣家に婿に入れます」

伊鶴は書道家に言い、たっぷりと礼を包んだ袱紗を渡した。

「万事うまくいくことを願っております」

ずしりと重い袱紗に満足した書道家は、明日から京にのぼり、二年は江戸に戻らぬと約束した。

「おぬしが戻る頃には、この次郎がどのように出世しておろうかの」

加山が嬉しげに言い、

「亀屋の女将が、またたっぷり礼をくれようぞ」

と付け足して、書道家を送り出した。

水入らずの三人だけになった座敷で、伊鶴が考左衛門から盗んだ書状をつかみ、忌々《いまいま》しげに破り捨てた。

「ああ、腹が立つ」

「まあ、落ち着け」

加山が余裕の口調でなだめた。

「しかし、まさかそのような遺言を残していようとはな」

「人を馬鹿にしてますよ。あれほどお願いに上がったのに、自分が死んだら、家督をお上に返上するだなんて」

「まあ、そう言うな」

「お上に返すぐらいなら、可愛い甥《おい》っ子に譲ってくれてもいいじゃありませんか」

「可愛いからこそ、次郎に継がせたくなかったのではないか」

「ええ？」

「次郎の縁談のことは、どうせ話しておらぬのであろう」

「当然です。誰にも言ってはならぬと、相手から口止めされておりますから」

「そこじゃ。考えてもみろ、雀《すずめ》の涙ほどの家禄を継がせても、苦労するのは目に見えておる。まして、次郎は亀屋で何不自由なく育ち、今でも遊び人のような暮らしぶりじゃ。そのような者が、御家人の暮らしなどできるはずもないと思うたのではないか」

「………」

伊鶴は押し黙った。身分が低い御家人の貧しさは、山下家に生まれた自分がよく知っているからだ。

「まあ、それはそれ、これはこれじゃ。次郎が山下家の者として板垣家に婿入りするのだから、考左衛門も安心してあの世へ行けよう」

次郎が目を見開いた。

「まさか、伯父《おじ》を殺すのですか」

「遺言を書いていたからには、生かしてはおけぬ」

「しかし、伯父は正気を失っています。このままでもいいんじゃ」

「日本橋では名が知れたそちも、まだまだじゃのう。よいか次郎、そのように甘い考えでは、武士の世は生き残れぬぞ。常に首を狙われていると心得よ。わずかでも隙を見せれば、即、刎《は》ねられる。何ごとも、念には念を入れるのだ」

「………」

「今は正気をなくしているが、いつ元に戻るかわからぬ。ひと月ふた月先ならよいが、明日正気に戻ったら、おぬし、なんとする」

「そ、それは……」

「いや、待て……」

加山は手を挙げて制すると、少しのあいだ、考えたあとに続けた。

「……確か女中がいたな」

「はい」

「遺言のことを、そ奴も知っておるやもしれぬぞ」

伊鶴がはっとなり、すがるように言う。

「十分考えられます。いかがいたしましょう」

「うむ、そうじゃな。いっそのこと、物取りの仕業《しわざ》に見せかけて、一度に片をつけるか。まずは、この養子縁組の願い書をお上に届け、間を空けずに二人を始末すれば、死人に口なし。次郎が跡を継ぐのは簡単じゃ」

「………」

口を閉じる二人を見据《みす》えた加山が、

「不服か。いやならやめよ。そのかわり、この遺言をお上に届けることは取りやめじゃ。しくじると、わしの首が飛ぶからのう」

と、投げやりな態度で言うと、伊鶴は意を決したような必死な目を向けた。

「ここから先のことは、すべて加山様におまかせします」

「………」

加山は返事をせず、次郎に視線を向けて決断を迫った。

次郎が無言で頭を下げると、

「うむ、よう決断した。人の犠牲の上に立つその強さがあれば、のちのち出世すること間違いなしじゃ」

加山は満足げに扇子《せんす》を広げ、くつくつと笑った。

五

「それで、何かなくなっておるのか」

西川東洋は、出された茶をすすり、塞《ふさ》ぎ込むおようの答えを待った。

おようから昨日の出来事を聞いたのは、昼過ぎに薬を届けに来た時だ。

伊鶴に小遣いをもらったおようは、久々に友人を誘い、上野の寛永寺に桜を見に行くつもりであったが、その友人が不在だったため、甘味処《かんみどころ》で団子を食べて帰ったのだという。

家の前まで戻ったところで、慌てたように駆けていく伊鶴の姿を見かけ、もしや旦那様に何かあったのではと、急ぎ帰ってみると、考左衛門は出かける前と同じ場所で庭を眺めていた。だが、おようは家の中の様子がおかしいことに気づき、考左衛門の部屋を調べたのだ。

おようは、東洋に顔を向けて言った。

「実は、旦那様が、このようになられる前に書かれた遺言状があったのですが、それが見当たりません」

「ほう、遺言状がのう」

「はい」

「何が書かれていたか、そなた、知っておるのかえ」

「いえ、ただ……」

「ただ？」

「亀屋の女将さんが望まれるものではないことは、知っています。旦那様から、自分にもしものことがあれば、遺言状をご公儀に届けるようにと、言いつけられておりましたので」

「ご公儀に？」

「家督を返上すると、申されました」

「甥の次郎には継がせぬ気であったか」

「昔は旦那様も、次郎様をたいそう可愛がられていたそうです。それこそ、自分の息子のように。それが、大人になって悪い遊びを覚えたせいで、この家にも寄りつかなくなったそうです。旦那様は以前から、何不自由なく育った者には、貧しい御家人の暮らしはできぬと申されておりましたから、町方が手を出せぬ御家人の座を次郎様が手に入れたら、それを笠《かさ》に着て、金欲しさにろくなことはしないだろうと……」

「確かに、考左衛門は次郎を可愛がっておったが……なるほどのう、甥の素行の悪さを知っての決断であるか」

布団で昼寝をしている考左衛門に目を向けた東洋は、だが、それだけでこ奴が家を絶《た》やす決意をしたというのも納得がいかぬ、と首をかしげた。

「旦那様はこうも申されました。貧乏御家人の辛さを知っている伊鶴様が、なぜ強引に跡を継がせようとするのか。裏に何かあるに違いないと、お疑いになって

――」

玄関に入ってきた者に気づいたおようが、急に口を閉ざした。

「伯父さんはいるかい」

元気のない声の主は、次郎だった。東洋がいたのであからさまに迷惑そうな顔をしたが、それも一瞬で、考左衛門を捜すように、家の奥に目を向けている。

対応に出たおようが板の間にひざまずき、

「旦那様は、今休んでおいでです」

丁重《ていちょう》に帰そうとしたが、次郎は引き下がらない。

「起こしてくれ、急な用があるんだ。あんたも、ここから逃げたほうがいい」

「逃げる？」

おようが訊き返すと、次郎はいらいらしたように足踏みし、

「いいから、伯父さんを連れて逃げろ。あんたの言うことなら聞くんだろ、伯父さんは」

怒鳴るように言うので、おようは何がなんだかわからないといった様子で、すがるような目を東洋に向けた。

その時にはもう、東洋は考左衛門を起こしにかかっていた。次郎の様子から、

ただならぬ何かが起きようとしていることを察したのだ。

「これ、考左衛門、起きろ」

東洋が背をたたこうが、耳元で叫ぼうが、考左衛門は目をさまさない。

薬を飲ませたのかとおように問うと、飲ませていないという。

そこで東洋は、考左衛門が年齢を三十と答えたのを思い出し、

「山下考左衛門! 摂殿が危篤《きとく》じゃ。起きぬか、摂殿が危ないのだぞ!」

こう叫ぶや、考左衛門がぱちりと目を開けて、むくりと起き上がった。

「摂、摂はどこじゃ!」

考左衛門が泣きそうな声で叫び、東洋を見つけるなり胸ぐらをつかみ上げて叫んだ。

「東洋、頼む。摂を、摂を助けてくれ。病を治してやってくれ、頼む」

「摂殿はまだ生きておる。よう見よ、考左衛門」

東洋がおように顔を向けてやると、

「摂、おお、生きておるな、摂」

考左衛門は安堵して言うと、頰《ほお》を濡らして喜んだ。

おようは優しい笑みを浮かべた。

「ここにおりますよ、旦那様。さ、出仕の刻限です。お城に急がないと、勘定《かんじょう》組頭《くみがしら》様にお目玉をいただくことになりますから」

「おお、そうじゃった、そうじゃった。急げ、摂、刀じゃ、刀を持て」

「はい、ただ今」

およう
が大小を渡すと、考左衛門は帯に落とし、庭に出た。

「旦那様、履物《はきもの》――」

草履を履かそうとするおようを東洋が止め、

「このまま考左衛門についていけ。急ぐのじゃ」

おようと三人で、門に向かった。この時にはすでに、次郎はどこかへ逃げ去っていた。

あと少しで表に出るという時に、二人の侍が門の外から押し入った。覆面をした曲者は、有無を言わさず抜刀《ばっとう》するや、

「てえい！」

という気合の声と共に、考左衛門に斬りかかった。

「危ない！」

咄嗟の出来事だった。考左衛門をかばったおようが、背中を袈裟《けさ》懸《が》けに斬られ

た。

激痛に身を反《そ》らせたおようが、考左衛門の胸にしがみつき、

「だ……旦那様」

見る間に、力を失っていく。

東洋は自分を襲う曲者の刀を押さえるのが精一杯で、身動きが取れない。

おようを抱く考左衛門を狙い、曲者が太刀《たち》を振り上げた。

「考左衛門！」

東洋が叫んだ、その時、

「やめろ！」

大声をあげて侍に突進したのは、次郎だった。後ろから腰にしがみつき、無我夢中で引き倒そうとしている。

「おのれ、血迷うたか。離せ、離さぬか」

「離すもんか！　伯父さん、逃げろ！」

奮闘する東洋と次郎を尻目に、考左衛門はおようを必死に抱きとめていたが、共に崩れるように地面に倒れた。

「摂……摂よ」

二十五年前のように、消えようとする命をふたたび目《ま》の当たりにした考左衛門は、愛する妻を斬った曲者に鋭い目を向けた。

「伯父さん、逃げろ！」

次郎が必死にしがみつきながら叫ぶ。東洋は相手の手首をつかむと、得意の柔術《じゅうじゅつ》でもってねじ伏せるや、そのまま強くひねった。

ごり――。

と、不気味な音がして、

「ぐわぁ」

曲者は悲鳴をあげて、刀から手を離した。

「そこをどけい、次郎！」

大音声を発したのは、考左衛門だ。

「伯父さん……」

声に驚いた次郎が、曲者に手を振りほどかれて、蹴り倒された。

すぐに太刀を構えた曲者が、考左衛門に切っ先を向ける。

それに応じた考左衛門が抜刀し、正眼《せいがん》に構える。

「おのれ、よくもおようを斬ったな。許さぬ！」

「ほざくな、じじい。死ね！」

曲者が上段から太刀を打ち下ろした。

「むん」

「とりゃ」

考左衛門が刀を擦《す》り上げて刃《やいば》を弾《はじ》き、曲者と対等に剣を交《まじ》えた。

互いが攻撃と受けを繰り返し、激しくぶつかる。

ぼけ老人など一太刀《ひとたち》であの世行きだと、油断していたのであろう。かなり手強い考左衛門に、曲者は苛立《いらだ》ちはじめた。

それでも、闘いが長引けば年寄りに不利。足下がふらついた隙を突かれ、考左衛門が突き飛ばされた。

曲者が上段に振り上げた太刀を斬り下ろそうとしたその時、頭に石をぶつけられ、

「うっ」

と怯《ひる》んだ。

間一髪のところで、次郎が投げた石が当たったのだ。

「ざまあみやがれ！」

「く、おのれ……」

曲者が切っ先を向けるや、

「貴様の相手はこのわしじゃ、馬鹿者」

考左衛門が言い、曲者に斬りかかった。

一歩跳びすさった曲者だが、隙を突かれて腕を斬られた。傷は深く、見る間に袖が血に染まる。

「くうっ」

曲者は八双《はっそう》の構えで油断なく間合いを取ると、

「退《ひ》け！」

手首を折られた仲間に命じて、切っ先を考左衛門に向けて警戒しつつ、仲間がよろよろと逃げるのを見届けると、背を返して去っていった。

考左衛門は刀を放り、

「およう、しっかりせい」

と名を叫びながら、地面に横たわるおようの手をにぎった。

すぐさま東洋が行き、傷の具合を診る。

「急所ははずれておる。命に別状はなかろうが、急いで血を止めねば。小僧、中へ運ぶぞ」

「は、はい」

次郎が手伝い、おようを家の中へ運び込んだ。

出血にうろたえる次郎に、

「死なせたら、おぬしの首も飛ぶと思え」

東洋が厳しい口調で言い、診療所の場所を告げて、おたえを呼びに走らせた。

「死ぬのか」

考左衛門が訊くと、

「なに、傷は浅い。ああでも言って小僧を脅《おど》さぬと、腹の虫が治《おさ》まらぬわい」

「…………」

考左衛門は何も言わぬが、東洋は、この襲撃には次郎も絡んでいると睨んでいた。

「おぬしの決断は、正しかったやもしれぬな」

「うむ？」

「遺言状のことじゃ。大まかなことは、おようから聞いた」

「はて？」

「なんじゃ、とぼけおってからに……」

などと言いながら、持ってきていた医療道具を使って、てきぱきと治療をはじめている。

そこへ、騒ぎを聞きつけた新見左近がやってきた。

「無事か、東洋」

「殿……」

「たまたま通りかかったら、町の者がここの騒ぎのことを話しておったのだ。おようさんの傷は深いのか」

「考左衛門をかばって背中を斬られましたが、この程度でしたら、縫合《ほうごう》する必要はないでしょう」

「それはよかった。相手が手加減でもしてくれたか」

と左近が言うと、

「いえ……」

東洋が嬉しげに笑い、手元に目を落として、言葉を続けた。

「おい、考左衛門、おぬし正気を失《うしの》うても、剣術だけは忘れなかったようだな」

「………」

「およようがおぬしをかばって身を被《かぶ》せた時、咄嗟に引き寄せたのであろう。完全にかわすことはできなかったようだが、おかげで、おぬしも正気に戻れたではないか……なあ、考左衛門……」

左近が空咳をしたので、手元から目を上げた東洋が絶句した。

左近の背後にいる考左衛門が、畳に額を擦《こす》りつけるように平伏していたからだ。

「考左衛門、おぬし……」

東洋が呆気にとられていると、

「上様」

と、考左衛門が言い、おたえを連れて戻った次郎を見て、

「曲者!」

と叫び、刀を抜こうとして左近に取り押さえられた。

そのどたばた劇の声を聞いて、床に臥《ふ》せていたおようがくすりと笑った。

「おお、気がついたか」

東洋が言うと、おようがうなずき、

「よかった」

考左衛門が生きていたことに安堵したのか、目から一筋の滴《しずく》をこぼし、また、くすりと笑った。

※

その数日後、神田橋御門内に住まう加山持康《もちやす》という二千石旗本が、長男に家督を譲り、突然、隠居した。

時を同じくして、亀屋は日本橋の店を畳《たた》み、あるじの故郷であり、亀屋の本店がある肥後熊本《ひごくまもと》に一家で引っ越した。

その理由が、山下考左衛門の家督相続の騒動にあるのかどうか、はっきりとはしない。

ただ、加山にしても亀屋にしても、西川東洋の証言によって、目付、あるいは町奉行所の詮議《せんぎ》を受けたことは、確かだ。

その詮議の中で、西川東洋が甲府藩の御殿医《ごてんい》であることを告げられたのが、両者が逃げるように身を引いた理由のひとつであろう。

さて、最後の最後になって考左衛門を助けようとした亀屋の次郎は、加山の手によってご公儀に提出された偽物《にせもの》の願い書が聞き届けられ、晴れて山下考左衛門の養子となった。

板垣家との縁談は、実家の亀屋が町奉行所の詮議を受けたことで破談になりかけたが、娘可愛さに、次郎を婿に入れることが決まった。

同時期に、板垣の油漆《うるし》奉行への出世話が消滅したことが、娘と次郎の縁談を許す一因となったのも確かである。

結局、次郎が板垣家に行き、山下家は考左衛門の代で断絶かと思われたが、その憂《うれ》いは、ひと月後に解決を見る。

なんと、御年《おんとし》五十五にして考左衛門、正式な跡継ぎ候補を作ったのである。

考左衛門の家に往診に来た西川東洋は、顔を赤らめるおようから、子ができたと告白され、あまりの衝撃で手から湯呑《ゆの》みを取り落とした。

その横で、考左衛門は薄ら笑いを浮かべながら、風車《かざぐるま》を見つめている。近頃は、これが日課らしい。

初夏の風に風車が回ると、うははと笑って喜んでいた。

第四話　秘剣・鬼法眼流《きほうがんりゅう》

一

その日、江戸城本丸の白書院《しろしょいん》には、将軍家綱の呼び出しに応じた者たちが集まっていた。

上段の間に座る家綱を前に、下段の間では、向かって右の上座に大老酒井雅楽頭忠清《さかいうたのかみただきよ》、その下座に、家綱側近の若年寄《わかどしより》、松平美濃守信興《まつだいらみののかみのぶおき》が座し、向かって左の上座に老中の堀田筑前守正俊《ほったちくぜんのかみまさとし》、その下に、百鬼組《ひゃっきぐみ》を操《あやつ》り、新見左近の命を奪わんとした男、若年寄、石川能登守乗政《いしかわのとのかみのりまさ》が座していた。

石川乗政は、昨年の冬に起きた鳴海屋事件の折、新見左近を襲った鬼翔丸《きしょうまる》を雇った者だが、その後、屋敷を訪れた左近から本意を聞き、こころを改めていた。

その石川が、今日の寄り合いの話題が将軍家お世継ぎにいたりし時、

「おそれながら、上様に申し上げます」

と、口火を切った。

「上様、ただ今次期将軍候補に甲州様のお名があがりましたが、実はそれがし、梅の蕾《つぼみ》が膨《ふく》らみはじめた頃、甲州様にお会いいたしました」

「ほう、綱豊にのう。して、どこで会《お》うた」

「我が屋敷に、お忍びでまいられましてございます」

「その、屋敷とな……」

家綱が言うと、酒井以下、幕府重臣たちが騒ぎ出した。

「甲州様はご病気のはず」

「いや、市中で似たお方を見た者がおる」

などという言葉が行《ゆ》き交《か》う中、家綱は意外そうな顔をしたが、さっと扇子《せんす》を広げて口を隠し、

「……あ奴め、やはり仮病《けびょう》であったか」

皆には聞こえぬようにつぶやき、ふふっ、と笑った。

「方々《かたがた》、静まれませい」

落ち着いた声で皆を静めたのは、大老の酒井だ。

酒井は座敷が静まるのを待って、下座の石川に顔を向けて言った。

「甲州様は、おぬしの屋敷に何をしにまいられたのだ」

石川は酒井には答えずに、家綱に顔を向け、

「甲州様は、次期将軍になる気はないと、仰《おお》せにございます」

と言うと、平伏《へいふく》した。その石川に向け、家綱が問い返す。

「ほう、あ奴め、そのようなことを申したか」

「はは」

皆が息を呑《の》む中、石川が続ける。

「上様」

「うむ」

「この能登、甲州様のお人柄に触れ、感服いたしました。それゆえ、改めて言《ごん》上《じょう》申し上げたきことがございます」

「許す」

「甲州様こそ、次期将軍にふさわしき器《うつわ》の持ち主かと存じますれば、強く推挙いたしたく、何とぞ、おこころにお留《と》め置きくださりますよう、お願い申し上げまする」

「うむ、しかと受け止めておく」

「ははあ」

このやりとりに、座敷がざわめいた。

当然だろう。この白書院に集《つど》う者たちは、お世継ぎ問題で意見が割れているため、抜け駆けとも言える石川の言上は、対立陣営にとっては許されぬことだ。

「お言葉ではござるが、今の話、聞き捨てなりませぬぞ」

一同がざわめく中、石川の言《げん》に異を唱《とな》えたのは、家綱側近、松平美濃守信興だ。

この男は、かつて、知恵伊豆《ちえいず》とうたわれ、先代家光公の側近中の側近であり、家綱の補佐役を務めた松平伊豆守信綱《いずのかみのぶつな》の五男である。それゆえ、家綱の信頼も厚く、幕閣での発言力もかなりのものだ。

その信興が異を唱えたのは、次期将軍候補に今一人、徳川綱吉《つなよし》の名があがっていたからである。

綱吉と綱豊をめぐって幕閣内で派閥争いの火種《ひだね》がくすぶり、それどころか、両候補を暗殺せんとする動きがあることを知っていた信興は、幕府要職の者が集まるこの場で、一人の候補を強く推《お》す行為は、争いの火を煽《あお》るようなものだと批判した。

「お世継ぎのことは、上様に一任するべきである」

信興が強い口調で言うと、将軍家綱が、

「さようであるな」

と追従《ついじゅう》したため、その場は収まりがついた。

「能登殿、ちと出しゃばりすぎじゃぞ」

白書院の議が終わり、石川が松の廊下を歩んでいると、老中、堀田正俊が背後から声をかけてきた。

石川は立ち止まり、廊下の端に寄って場を空けると、頭を下げた。

ゆるりと歩んできた堀田は、石川の前で立ち止まり、厳しい目を向ける。

「おぬしが綱豊様のことをどのように思うておるかは知らぬが、仮病を使《つこ》うてまで次期将軍になりとうないと申す者を推しても、どうなるものでもあるまい」

「甲州様は、幕府が二つに割れるのを恐れての行動。つまり、騒乱が起きぬよう身を退《ひ》いておられるのです。何がなんでも将軍になろうとする者とは、器が違うと申したまで」

「……それは綱吉様のことを申しておるのか」

「そのようなことは決してございませぬ。ただ……」

「なんじゃ」

「ことを荒立てず、静かに時が来るのを待とうとする心構えが、神君家康公《しんくんいえやす》に似ておられると思うたまで」

「くっ、おのれ、言わせておけば――」

石川が手を挙げて、堀田の口を止めた。ちょうどその時、桜溜《さくらだまり》から松の廊下へ現れた人影があったからだ。

石川が目顔で合図を送り、顔をうつむける。振り向いた堀田が大老酒井の姿を見て、石川とは反対側に寄り、頭を下げた。

酒井はにこやかに会話をしながら、二人の前を通り過ぎていく。その後ろ姿を見送った石川が、すすっと堀田の前に行き、耳元で何やらささやいた。

「なっ！」

絶句する堀田に、

「互いに油断は禁物ですぞ」

言い置くと、石川は頭を下げ、松の廊下から下がった。

その頃、中奥《なかおく》の御座《ござ》の間《ま》に戻った将軍家綱は、松平信興を前にして咳き込んでいた。

「上様、お顔色が優《すぐ》れぬようですが」

「なに、風邪《かぜ》をこじらせただけじゃ」

「風邪は万病のもと、あまり無理をされてはいけませぬぞ」

「うむ、それよりな。そちをここへ呼んだは、余《よ》の跡目のことじゃ」

「………」

「正直に申せ。そちは、誰がよいと思うておる」

「それがしが口を出せることではございませぬ」

「構わぬ、申せ」

「………」

「信興」

「上様のお考えを、お聞かせください」

「余は……綱豊を跡目にしたいと思うておる」

「はは、しかし……」

「本人が、なりとうないと申しておるのが気になるか」

「……はい」

「あれはあれで、徳川のことを案じて申しておるのだ。綱吉の覇気《はき》に富んだ気性はともかく、きゃつめを将軍の座に据《す》えようとたくらむ者が、余が綱豊に目をかけていることを知るや、暗殺などとよからぬことを考えておる」

「綱豊様暗殺の噂《うわさ》は、聞いております。病と偽《いつわ》り藩邸に籠《こ》もられましたのも、刺客を警戒されてのことでしょう」

「うむ、綱豊はいち早くそれに気づき、天下にいらぬ騒乱を起こさぬために、身を隠したのだ。暗殺によって血で血を洗う争いになれば、徳川の土台を揺るがす騒動に発展するかもしれぬ。綱豊は、そうさせてはならぬと仮病を使い、石川の口を使うて、身を退くと申したに違いない」

「そのことですが上様、実は、綱豊様暗殺だけではなく、綱吉様のお命も狙われているのではないかと」

「まことか」

「はい、お屋敷内の毒見役が死んだとの知らせを得ております」

「なんと、綱豊のほうからも、刺客を送ったと申すか」

「綱豊様を将軍に推す者の仕業《しわざ》かどうかはわかりませぬが、ひとつ気になることが」

「申せ」

「はい……」

信興はわずかに視線を上げ、家綱の目を見つめながら続けた。

「……次期将軍候補であられますご両人に刺客を送り、一枚岩である今の幕府を二つに割り、その混乱に乗じて、徳川将軍家の血を薄めようとたくらむ者がおります」

「血を薄める？　それはどういう意味じゃ」

「密《ひそ》かに、京の都《みやこ》と繋《つな》ぎを取る者がおるのです」

「何、京じゃと、では……」

「お察しのとおり、何者かが宮将軍《みやしょうぐん》を立てようとたくらんでおるものかと」

「誰じゃ」

「探りを入れておりますが、思うたより根が深く、残念ながら、今はまだわかりませぬ。しかし、近いうちに必ず見つけ出し、討ち果たしてみせまする」

「うむ、さようせい」

家綱はひどく咳き込みながら、茶坊主が持ってきた薬湯《やくとう》に手を伸ばした。

下がろうとした信興を呼び止めると、

「綱豊が命を狙われておるのは、今の話と繋がりがあるのじゃな」

「おそらく」

「そうか……信興」

「はは」

「綱豊が命を落とさぬよう、くれぐれも頼むぞ」

「ははっ、この命にかえて、お守りいたしまする」

信興は平伏して誓うと、その場から立ち去った。

その頃、江戸城大手門を出た大老の酒井は、すぐ左手に構える己《おの》が屋敷に戻ると、家来に命じて着替えを急がせた。

廊下から現れた家老が、あるじの着替えを見ていぶかしげな表情を浮かべ、

「殿、どちらへお出かけですか」

と、訊《き》く。酒井は顔を見もせずに、

「うむ、ちと用がある」

それだけ言うと、行き先は告げずに口を閉ざした。

今年五十七歳になる酒井は、三河《みかわ》以来の譜代《ふだい》名門の家に生まれ、雅楽頭嫡流《ちゃくりゅう》として、家綱の下《もと》、権勢をほしいままにし、政《まつりごと》の中心にいた。

それが今、終焉《しゅうえん》の時を迎えようとしている。

今日まで己に従っていると思っていた石川乗政が、綱豊の暗殺を拒否し、それどころか、将軍の前で綱豊を次期将軍に推すと宣言したからだ。

弟の綱吉を忌《い》み嫌う家綱が、綱吉を将軍に指名することはないと踏んでいる酒井は、綱吉派の石川を騙《だま》し、綱豊の暗殺を計画させた。

綱豊さえ消せば、あとは己が腹の底に秘した人物を擁立《ようりつ》し、酒井家の権勢をさらに盤石《ばんじゃく》とすることができると、考えていたのだ。

石川の心変わりは、酒井を愕然《がくぜん》とさせていた。

（きゃつめが力を振るえば、綱豊を次期将軍に決められてしまうやもしれぬ）

お城からくだりながら、酒井はそう考え、

（上様も、その気がある様子）

これはいかぬ、と、さるやんごとなきお方に会うために、急いで外出の支度をした。

用意させた着替えは、小袖《こそで》と濃い茶色のかるさんである。腰に脇差ひとつを差し、小ぶりの角笠《つのがさ》を被《かぶ》る姿は、大身《たいしん》旗本の隠居と見える。

その姿で裏門から出た酒井は、供の者も連れず、一人とぼとぼと歩んで市中に向かった。

金座《きんざ》近くの本町《ほんちょう》で駕籠《かご》を雇い、

「広尾《ひろお》へ頼む」

いかにも老《お》いた爺様を装《よそお》い、担《かつ》ぎ手《て》にそれぞれ一分金の酒手《さかて》をにぎらせると、先を急がせた。

渋谷広尾町《しぶやひろおちょう》あたりに来ると、田圃《たんぼ》と畑と原っぱが広がり、ぽつりぽつりと、大名の広大な下屋敷や、豪商の寮《りょう》が点在する。

酒井を乗せた駕籠は、広尾町を抜けると田圃に囲まれた細い道に入り、豪商の寮が点在するあたりへ入った。

庭木と塀で囲われた屋敷のあいだを進み、門がわりに味のある古木を組んで境を示した寮の前で止めると、酒井は駕籠を待たせて、敷地の庭木の奥へと足を運んだ。

苔《こけ》むした藁葺《わらぶ》きがなんとも言えぬ風情《ふぜい》を醸《かも》し出す屋根を見上げ、酒井はまるで己の家に帰ったかのように、黙って入口から中へ入っていく。

二

広尾の寮の奥の部屋では、鮮《あざ》やかな鶯色《うぐいすいろ》の着物を着た若い男が、静かに正座して書物を読んでいる。

年の頃は、二十三、四といったところか。

目鼻立ちがすっきりとして整い、背筋をしゃきりと伸ばして正座する姿には高貴な気品が漂い、人を容易に近づけない雰囲気がある。

その男の前に現れた中年の女が、二つの湯呑《ゆの》みを下げ、湯気が立つ湯呑みと交換した。そして、静かに視線を上げて様子をうかがい、

「岩倉卿《いわくらきよう》、酒井殿は、なんと申されたのです」

と、心配そうに訊いた。

ゆるりと書物を閉じて目を伏せたままの男は、ひとつ息を吐き、

「母上、具家《ともいえ》とお呼びくだされ」

と言って苦笑いを浮かべると、この男の母、香祥院《かしようしん》は、奥ゆかしい人柄を映《うつ》す笑顔をうつむけた。

「そなたとは長らく離れていたもので、つい、よそよそしくなってしまうのです」

母は改めて我が息子の名を呼び、

「……して、酒井殿はなんと」

「お世継ぎが、甲州様に決まりそうだと」

岩倉は静かに言い、鋭い目を上げた。

「なんと……では、上様が初めてご意志を示されたのですね」

「酒井殿に、はっきり申されたようではないですが……」

岩倉は、酒井から聞いた白書院での出来事を、母に隠さず伝えた。

香祥院が、優しげな顔で笑う。

「それはまた、早合点《はやがてん》なことを」

「早合点？」

「上様が直接申されたのではないのならば、早合点ということもあるでしょう」

「確かにそうですが、酒井殿は、もはや一刻の猶予《ゆうよ》もならぬと……」

「まさか、酒井殿はそなたに、何かをせよと申したのではないでしょうね」

「母上は、何も心配なさりますな。この具家は、天下万民のために、酒井殿と手を結んだのです。これより甲州様のもとへまいり、将軍の器を備えているかどうかを、見極めようと存じます」

「もし、将軍の器でなかったら、なんとする」

「………」

岩倉は答えずに、母が淹《い》れた茶を飲むと、寮から出かけた。

広尾の道を歩む岩倉は、快晴の空を見上げて日の位置を確認すると、足を速めて浅草を目指した。

目的の浅草に着く頃には、町家の屋根が通りへ長い影を落としていた。

花川戸に並ぶ店の中で、ひときわ繁盛《はんじょう》している店の前を通り過ぎ、また、すぐに引き返した。遠慮なく入ればよいのだが、店の中といい表といい、若いおなごであふれ返っている。

様子をうかがうだけでも、むせ返るような女の匂いがする気がして、中へ割って入り込む気になれなかった。

そのうち、店の入口にいる客から不審な目を向けられた岩倉は、中に入りあぐねて、仕方なく隣の煮売り屋へ駆け込んだ。

「いらっしゃいませ」

　応対に出たのはかえでだが、岩倉はその美しさに思わず見とれ、注文を訊かれてもすぐには声が出なかった。

「す、すまぬが、このような店は初めてなのじゃ。適当に頼む」

「はい、お酒はどうなさいますか」

「うむ、では、いただこう」

「はい」

　にこりとして立ち去るおなごの帯に目をとめ、こころの動揺を抑《おさ》えるため、表に視線を向けた。

　やがて、出された煮物に箸《はし》をつけたのだが、

「や、これは……」

「……旨《うま》い」

　岩倉は思わず声を出した。

「ありがとうございます」

　かえでがにこやかに礼を言い、

「おひとつどうぞ」

と、めったにしない酌《しゃく》をした。

杯《さかずき》で受けた岩倉は、旨そうに酒を飲み干し、かえでと言葉を交わしながら煮物の味を堪能《たんのう》し、満足そうに店をあとにした。

この煮物の味がすっかり気に入った岩倉は、次の日も姿を現し、とうとう、三日間通い詰めた。

隣の三島屋を探る目的もあるのだが、

「この竹の子が、たまらぬ」

と、毎日てんこ盛りを平《たい》らげる。

その様子を、かえでは小五郎に見せていた。

相手にわからぬようにのぞき見る小五郎に、

「どうも、変ですよ」

と、耳打ちをする。

「別に、ただのお武家に見えるが」

「でも、三日も通い詰めるなんて……」

「確かに、いくら煮物が旨いからといって、三日も同じ物を食べに来るとは変だな」

そう言った小五郎は考える顔をして、声を殺して笑った。

かえでが眉《まゆ》をひそめるのを見て、

「すまぬ。あれだ、目的は竹の子じゃなく、お前だ」

すっと細い鼻頭《はながしら》を指差すと、かえでの顔が見る間に赤くなった。

その赤く染まった顔で、

「怒りますよ」

睨《にら》むように、かえでが言う。

「怒ることはないだろ、お前、ここは喜ぶところだぞ」

言いながら店に視線を戻した小五郎が、

「お、殿が来られた」

と言い、表に出ようとして足を止めた。

竹の子を食べていた侍が、ぴたりと箸を止めて、新見左近を目で追ったからだ。

それは一瞬のことで、侍はすぐに、竹の子に夢中になった。

それでも、小五郎はかえでを表に出させると、中から侍の様子をうかがった。

三

「いらっしゃい」

応対に出たかえでに笑みで応《こた》え、左近は奥の壁際の床几《しようぎ》に落ち着いた。

「珍しいですね、若様がうちへ来られるなんて」

「……久々に、女将《おかみ》さんの美しい顔が見たくなったのだ」

「まっ、お上手」

笑顔で言うと、注文を訊いて奥に引っ込んだ。

左近はそれとなく、客の様子をうかがう。

かえでが珍しいという言葉を使う時は、怪《あや》しい客がいることを知らせているからだ。

床几がほぼ埋まっている店には、十人ほどの客がいる。

肌が粟立《あわだ》つような殺気はない。

客の一人一人を見ると怪しまれるので、さりげなく店を見回したあとで正面に向くと、

「ご一緒してもよろしいか」

と、向こうから侍が近づいてきた。

「…………」

左近が顔を向けると、

「一人で飲むのはつまらぬ」

「……どうぞ」

断る理由もないので受け入れると、侍は岩本《いわもと》と名乗って、向かいに座った。

表情は明るいが、立ち居振る舞いに隙《すき》はない。

——かなりの遣《つか》い手《て》。

と、左近は見た。

「それがしは、新見と申す」

「まずは……」

酒をすすめられ、左近は酌を受けた。

すかさず酌を返すと、これはかたじけないと言って、岩本が杯で受けた。

一口含み、

「いやあ、それがし、この店には二日前に初めて来たのですが、こんな旨い煮物は食うたことがありませぬ。以来、毎日来ております」

「ほう、毎日」

「特に、この竹の子が絶品。歯ごたえといい、味付けといい、一度食べたら忘れられませぬ。ははは」

そう言って、嬉しそうに食べている。

この時、左近は、岩本に自分と同じ何かを感じた。

それがなんであるかは、判然としない。

ただ、こうして顔を突き合わせて飲んでもいやな気はせず、むしろ楽しい。

岩本は、御留山《おとめやま》近くの村役人の家に生まれ、縁あって今は、さる旗本の世話になっていると語ったが、左近は深くは訊かず、また岩本も、左近が何者であるか訊こうともしない。

多くは語らず、酒を酌《く》み交《か》わすだけなのだが、剣を極める二人にとっては、互いを理解するに、

(これで十分)

であった。

それゆえか、気心が知れた仲になるのに、時はかからなかった。

旨そうに竹の子を食べる岩本を見ていた左近が、

「先ほど、三日通うたと申されたな」

と、訊くと、

「それが、何か」

「女将に惚《ほ》れたか」

思わぬ左近の言葉に、岩本がむせた。

そのせいか、こころの動揺のせいかはわからぬが、岩本の顔が見る間に赤く染まる。

「図星であったか」

「……………」

左近が追い打ちをかけたものだから、様子をうかがっていたかえでが現れ、

「若様、冗談が過ぎますよ。あたしが亭主持ちだって知ってるでしょ」

と言うと、岩本が愕然とした。

「そ、そうであったか」

あんまり力を落とした声を出すものだから、左近が声を潜《ひそ》め、

「これは、隣の女中から聞いたのだが、近頃夫婦仲が悪いとの噂がある。望みはあるぞ」

と、励《はげ》ますと、

「まあっ！」

と、かえでに叱《しか》られた。

そこへ、仕事帰りの権八が現れた。

先日のつけを払いに来たと言って暖簾《のれん》を潜《くぐ》った権八が、

「あれ、左近の旦那、ここで飲んでたら、お琴ちゃんのところで夕餉《ゆうげ》が入《へ》えらなくなりますよ。また、うちのかかあに叱られても知らねえですからね」

と、にやにやして言う。

「そのようなことはあるまい」

左近が酒をすすめてやると、

「こりゃどうも。黙ってますから、ご心配なく」

嬉しそうに飲み干し、またあとで、と言って帰っていった。

「左近の旦那……か」

「うん？」

ぼそりとつぶやいた岩本に、左近が訊く顔を向ける。

「いや、侍であるのに、町の者に慕《した》われているのだな」

「……うむ、まあ」

「お琴と申すおなごは、おぬしの好いたおなごか」

今度は左近がむせたものだから、

「どうやら図星のようだ」

と言い、してやったりと、岩本が笑みを浮かべた。

このように、軽くやり合った二人は、楽しげに酒を酌み交わした。

「さて、そろそろ、お暇《いとま》しますかな」

床几を立つ岩本に、

「また、お会いしましょう」

左近のほうから誘うと、

「ええ、是非」

岩本は明るく応じて、店から帰っていった。

表に出た小五郎が姿を確かめて戻ってくると、他の客に聞こえぬように、

「何者でしょうか」

と、声を潜めて言う。

「うん、どうやら、おれに用があるらしい」

「そのようだが……おれは、あの男が嫌いではない」

「まさか、刺客では」

「何を申されます」

「目つきは鋭いが、内から発する気は、悪くない」

世の中には、人に言われて動く者と、己の意志を持って動く者がいる。

そして、たとえ人から命じられて動くとしても、それは単なるきっかけに過ぎず、結果をどう求めるかは、己の意志で決める者がいる。今、共に酒を飲んだ男は、三つ目に述べた気質の者だと、左近は言った。

「誰かに、おれを斬れとでも言われて来たのだろう」

「なんと……」

気づかなかったと小五郎が言うのも無理はない。

「おれとて、初めはわからなかった。だが、途中で一度だけ、おれを斬ろうとするような動きがあった。あの時刀を抜かれていたら、おそらく斬られておったであろう」

「では、見逃したと」

「おれが相手を見たように、相手も、おれの人となりを見たようだ。また来ると申したが、次はどのような顔を見せてくれるか、楽しみだ」

小五郎は黙っているが、内心では怒っている。

命を狙う者には、すぐに討手《うって》を差し向けるのが普通であるのに、また会う約束をするなどもってのほか。

そう言いたげな顔をしていたが、

「かえで、おれにも酒をくれ」

ふて腐れて言い、次は自分も共に飲むと、宣言した。

相手が刀を抜いたら、身を挺《てい》して命を守るつもりらしい。

だが左近は、岩本に顔を知られていない小五郎には、別のことを命じた。

表情を引き締めて承知した小五郎に、かえでが持ってきた酒を注いでやった。

その頃、岩本こと岩倉は薄暗い道を歩み、広尾の寮へ帰っていた。

先ほど共に酒を飲んだ者が、斬るべき相手である新見左近。

いや、徳川綱豊。

それにしては、

（実に、気持ちのよい男であった……）

が、

（なんとも、恐ろしい）

とも、思う。

一瞬の隙を見た岩倉は、その場で斬ろうとした。だが、身体がぴくりとも動かなかった。いや、正確には、動けなかったのだ。

あの一瞬に殺気を悟《さと》られ、即座に左近が発した気はとてつもなく大きく、

（もし刀を抜いていたら、今頃はここを歩いてはおるまい）

と、一人で歩きながら、岩倉は口角を上げて笑みをこぼした。

「実に、おもしろい」

これである。

剣客とは、身分を問わず、好敵手に出会うとわくわくする。

傍目《はため》ではただ酒を酌み交わす二人であったが、剣を極めた者だけにわかる、目に見えないところで、闘いがなされていたのだ。

広尾に戻る頃にはすっかり日が落ち、空一面に星が輝いていた。草原が黒く広がり、ところどころにある家々からは、淡《あわ》い色の明かりが漏れている。

己が住む寮の近くまで来た時、

「むっ」

背筋が粟立つ気配を察した岩倉は、反射的に背を返し、抜刀《ばっとう》して払っていた。

ぐわぁ――。

闇に断末魔《だんまつま》の声が響き、黒い影がどさりと草の中に倒れ伏して、田圃に滑り落ちた。

この一瞬の出来事に、敵が息を呑む。

「岩倉具家と知っての狼藉《ろうぜき》か」

岩倉は、闇に向かって言ったが、返事はない。

確かに気配はあるが、姿が見えぬ。忍びが黒装束《くろしょうぞく》に身を包み、顔を黒く塗り、抜き身の忍び刀も、わずかな光を反射せぬよう刀身を黒く染めているのだ。

その殺気が、風が吹くように動いた。

夜の冷気を裂き、手裏剣が飛んでくる。

刀で払い落とし、身をひねってかわす。そのあいだにも、岩倉は敵との距離を詰めていた。

暗闇を一息に走り、殺気に迫るや、

「むん!」

刀をまっすぐに打ち下ろし、敵を頭から胸にかけて斬った。

闇に動く気配を察し、打ち下ろされた黒刀《くろかたな》を鼻先でかわすと、すかさず刀を突き出し、喉《のど》を斬り裂く。

闇にくぐもった声が響き、また一人倒れる。

この剛剣に怯《ひる》んだ敵が跳びすさった。

が、岩倉は執拗《しつよう》に追い、次々と敵を斬り伏せる。

まるで昼間の闘いのように、岩倉は的確に相手を捉《とら》え、間合いを見切り、斬り倒す。

夜襲を得意とする忍びを相手に、岩倉は圧倒的な強さを見せた。

すべての殺気を消滅させた岩倉は、ふうっと長い息を吐き、刀に血振《ちぶ》りをくれると、静かに納刀《のうとう》した。

——鬼法眼流《きほうがんりゅう》奥義、鬼の目。

その昔、闇夜の京に暗躍する魑魅魍魎《ちみもうりょう》を退治するために編《あ》み出されたと言われている秘剣である。岩倉家に養子に入ってすぐ、先で役立つ日が来るであろうと、師となる元弘《もとひろ》のもとに弟子入りをすすめられた。

まるで予言のように、己の剣が役に立つ日が来ようとしている。

(この雑魚《ざこ》どもを斬るための剣ではないが)

岩倉は、田圃に横たわる死骸を蹴り返し、覆面を取った。そして、見知らぬ男の懐《ふところ》を調べる。

襲ったのはおそらく、伊賀者《いがもの》。徳川が使う忍者だ。誰に雇われたか手がかりになる物はないかと探ったが、それらしい物は何ひとつない。

将軍家が狙わせたか、あるいは綱吉の手の者か……。

「……母上」

岩倉は立ち上がり、急いで寮に戻った。

外に明かりが漏れている。入口から上がると、家の中に味噌《みそ》の香りが漂っていたので、岩倉はひとまず安心した。

囲炉裏《いろり》の間に入ると、母が一人で夕餉をとっている。

(ご無事でしたか)

と、喉まで出ていた言葉を呑み込み、

「母上、ただ今戻りました」

努めて冷静に言うと、香祥院はそっと箸と椀《わん》を置き、岩倉を見上げた。

「人を、斬りましたね」

ずばりと言われて、岩倉は言葉を失った。

何も言わず、自分の部屋に行こうとすると、

「酒井殿に命じられたのですか」

珍しく、香祥院が食い下がった。

こうなっては、母思いの岩倉は逃げられぬ。黙って囲炉裏の前に正座し、

「初めは、そのつもりで出かけました。しかし、斬ったのは、夜襲を仕掛けてきた曲者《くせもの》。母上、明日にでも、家移りをしてくださらぬか。ここは、安全ではございませぬ」

そう願ったが、香祥院はうなずかなかった。

「母は、どこへも行きませぬ。この寮が終《つい》の棲家《すみか》と決めておるゆえ、ここで命を落とすなら、それも本望」

「母上……」

香祥院がこの寮から動かぬ理由は、亡き夫、堀越忠澄《ほりこしただすみ》が残してくれた物だからだ。

実のところ、岩倉は香祥院と忠澄のあいだに生まれた子ではない。

新見左近に述べたように、御留山近くの村で生まれたのは事実だが、実母は、

岩倉を産んですぐに、この世を去っている。

この母親が、前将軍家光公の忘れ形見。

家光公が御留山の狩場に鷹狩り《たかが》に来た際、休息のために立ち寄った村で、女中として世話をしていたおなみという娘が、家光のお手つきとなった。それが、岩倉の祖母である。

幕閣でこのことを知っているのは、酒井忠清のみ。

二十九年前に将軍家光公がこの世を去り、さらに数年が過ぎた頃、若くして酒井雅楽頭の家督《かとく》を継いだ忠清を後見していた酒井忠勝《ただかつ》から、内々に事情を知らされ、

「おなみの方《かた》の一族を、密かにお守りいたせ」

と、命じられていた。

よって、岩倉は、新見左近と同じ、前将軍家光公の孫にあたる。

母方と父方の違いと、岩倉を産んだ実母が、家光公の子として認知されていないという大きな違いはあるが、確実に、徳川の血が流れているのだ。

岩倉を産むとすぐに母が亡くなったため、忠清の計らいで、当時の五百石旗本、堀越忠澄に預けられ、大事に育てられた。

そして元服《げんぷく》をすませると同時に、京の公家である岩倉家に養子に出された。徳川将軍家の孫とはいえ、母方は代々百姓の身分。しかも認知されていないため、家光公の孫としてではなく、堀越家の嫡男《ちゃくなん》として、岩倉の家に入ったのだ。以来、京の都に暮らし、今年二十三歳になった岩倉は、世継ぎ争いの火種が幕閣のあいだでくすぶっていると知らされ、ある目的を持って江戸にくだっている。

忠澄亡きあと、お家を断絶して出家していた香祥院を頼って、この広尾に潜んでいるのだが、

(酒井しか知らぬはずだが、いったい誰が刺客を送ったのか)

岩倉は、新見左近が手の者を送ったかと一瞬思ったが、その考えは、すぐに頭から消した。

四

新見左近は、今日もお琴の店にやってきて、のんびり庭を眺《なが》めていた。

初夏を迎え、このところ風が強い日が続いている。雨が降らないので、町中は土埃《つちぼこり》が舞い、目に入ってかなわぬ。

もうすぐ新緑が美しい時季になると思いつつ、雲の流れが速い空を見上げていると、

「左近様、お茶をどうぞ」

店が一段落したというお琴が、茶菓《さか》を載せた盆を置いて、横に座った。

ほのかに花の香りがするので、何かと訊くと、

「おわかりになりましたか？」

お琴は嬉しそうに言い、髪を結《ゆ》い直したので鬢付《びんつ》け油《あぶら》を新しく出た物に変えたのだという。

甘い香りは、着ている桜色の小袖によく合っている。

にこりと笑うお琴は、

「はい、どうぞ」

と、皿に載せたまんじゅうをすすめた。

左近がひとつつまんで口に運ぶと、餡《あん》の甘味を控えめにした旨いまんじゅうであった。

「左近様」

「うん？」

「今日はお昼からお店を閉めるのだけど、日本橋に行ってみませんか」

「うん、そうだな。久々に行ってみるとしよう」

「じゃあ、およねさんにそう言ってくるわね」

どうやら、左近の返事次第だったらしい。

江戸で一番のにぎわいを見せる日本橋あたりは、お琴にとっては商売の目を養《やしな》う地。道を行き交う人々を眺めて新しい物を探すのだが、これがなかなかおもしろい。

何度か付き合ううちに、左近も日本橋のにぎわいが好きになっていた。それを知っているので、お琴も誘ったのだ。

外出をするというので昼はどこかで食べることにして、左近はお琴の支度が終わるのを待っていた。

すると、

「左近様、おじ様がお見えです」

めったに来ない客に、お琴が驚いた様子で呼びに来た。

「何、父上が……」

「はい、中へお通ししようと思ったのですが、外で待つと言われて」

「そうか……」

どうやら火急の用らしい。

「すまぬ、日本橋はまたにしよう」

「はい」

お琴は優しい笑みを浮かべた。

左近が安綱をにぎって外に出ると、煮売り屋の前で小五郎と何やら話しながら、隠居姿の新見正信《まさのぶ》が待っていた。

「義父上《ちちうえ》、いかがされたのです」

左近が声をかけると、正信は小さくうなずいて小五郎に目配せし、

「おお、左近、すまぬな」

「何かありましたか、義父上」

「ちと、顔が見とうなった」

相変わらずいい男じゃわい、と言って一人笑う。

「まあ、ここではなんだ。どこかで酒でも飲みに行こう」

正信は左近の腕をつかんで、人気《ひとけ》の少ない通りに誘い入れると、

「殿、一大事にござる」

と、甲府藩江戸家老の口調に戻った。

家老の新見正信は、左近の育ての親だ。

左近は、実父の徳川綱重が、正室を娶《めと》る前に年上の女中に産ませた子であるため、生まれてすぐ新見家に預けられた。

以来、新見左近と名乗り、新見家の者として育てられたのだが、綱重は正室とのあいだに子ができぬままであったため、九歳の時に甲府藩邸に呼び戻され、元服後、綱豊と名を改めたのだ。

以来、立場は逆転し、養父は家老として綱豊に仕《つか》えているが、二人の関係は今でも、

（まるで親子）

と、傍《はた》からは見える。

「殿、聞いておられますかな、人の話を」

「義父上……」

左近は首を横に振り、殿と申すなと言った。

その横を、風呂敷包《ふろしきづつ》みを抱えた僧侶が歩んでいく。

正信はひとつ咳《せき》をして、

「聞いておるのか、人の話を」

と、わざわざ言いなおした。

「聞いておりますとも。して、一大事とはなんですか」

左近が訊くと、正信が足をぴたりと止めて、あたりを見回す。

先ほどの僧侶は遠ざかり、浅草に建ち並ぶ寺の門前の道に人影は少ない。

正信は、人の耳が周囲にないのを確かめると、声を小さくして言った。

「綱吉公が、何者かに命を狙われた」

「なんと！」

左近はぎょっとした。

「して、ご無事なのか」

「うむ、膳《ぜん》に毒が盛られていたようじゃが、毒見が食い止めたそうじゃ」

「お毒見は……」

左近が訊くと、正信は首を横に振ってから続けた。

「今から案内するところで、綱吉公の使いの者が待っておる」

「？」

「是非、耳に入れておきたいことがあるとか……」

「わかった」

左近は、正信に案内を急がせた。

上野山にのぼり、めじろと思《おぼ》しき野鳥がさえずる林の中に入ると、こちらに背を向け、眼下に広がる不忍池を眺めている男がいた。

「お待たせしたな」

正信に声をかけられ、男がゆるりと背を返す。

いかにも切れ者と思わせる顔立ちをしているが、歳は左近と大差ないように見える若侍だ。

まずは正信にかたじけないと頭を下げ、次いで、左近の前に片膝《かたひざ》をついた。

どこからともなく現れた四人の侍が、この場を守るように、背を向けてあたりの警固《けいご》をはじめた。

その者たちは一見すると侍だが、

（ほう、忍びを使うか）

と、左近は気づき、頭を下げている若侍を見下ろした。

「それがし、徳川綱吉様家臣、柳沢信本《やなぎさわのぶもと》と申します……」

若さに似合わぬ落ち着いた口調で語るこの男こそ、後の老中上座、柳沢吉保《よしやす》である。

質のよい羽織袴《はおりはかま》を着て、塗りたてのように艶《つや》のある黒笠《くろかさ》を被る姿は、高貴な美しさを醸《かも》し出し、いかにも将来有望な若侍だ。

「……以後、お見知りおきを」

「うむ、徳川綱豊である。して、叔父上《おじうえ》はご無事なのだな」

「はは」

「ご公儀には」

「届けておりませぬ」

「うむ、それがよい」

「実は、今ひとつお伝えしたきことがございます」

「許す」

「はっ。こたび、我が殿に毒を盛った首謀者《しゅぼうしゃ》が判明いたし、急ぎ甲州様にお伝えせよと、殿の命を受けてまいりました」

「それはつまり、余の命を狙う者でもあるということか」

「………」

柳沢は、そのとおりだとばかりに頭を下げた。

「誰じゃ」

「……幕府大老、酒井雅楽頭様」

「！」

「なんと……」

思いもよらぬ名が出たことに、左近と正信は愕然とした。

「お、おぬし、それは確かであろうな」

正信が訊き返すと、柳沢が自信に満ちた口調で言う。

「我が手の者が、曲者が殿の膳に毒を入れるところを目撃し、密かにあとを追ったのでございますが——」

「待て……」

左近が柳沢の言葉を切った。

「毒を盛ったと知りながら、毒見をさせたのか」

「はい」

「むごいことを……」

「これも務めにござりますれば」

柳沢が冷徹ともいえる言葉で締めくくり、顔を上げる。黒笠の縁《ふち》からのぞく目は、甘いことを申すなと、訴えているように見えた。

「……それで、毒を入れた者が、雅楽頭の屋敷に入ったのだな」

正信が先回りをして訊くと、柳沢は目を地面に向けて答えた。

「いえ、その女は長屋に戻りました。そこに出入りする者を探っていたところ、雅楽頭様ご家中の者と親しくする輩《やから》がいたのでございます」

「それで雅楽頭が首謀者と決めつけるのは、ちと強引ではないか」

左近が言うと、

「いえ、間違いございませぬ」

そう否定した柳沢は、これから述べることこそが動かぬ証拠と言い、話を続けた。

「手の者を使い、雅楽頭様の屋敷に探りを入れておりましたところ、つい三日ほど前、雅楽頭様がお一人で屋敷を出られ、広尾のとある寮へまいられました。そこで、岩倉卿にお会いし、何やら密談をされたようにございます」

左近は腕を組んだ。

「岩倉卿、とな」

「はい」

「密かに公家と会われるとは、また面妖《めんよう》な」

正信が言い、眉根《まゆね》の皺《しわ》をさらに深くしている。

「確かに、妙だな」

左近が同調すると、柳沢が言った。

「雅楽頭様は、徳川の縁者にあらせられる有栖川宮幸仁親王《ありすがわのみやゆきひとしんのう》様を、お世継ぎに擁立せんとのお考えのようで、今、根回しをされているようにございます」

左近と正信は、衝撃のあまり顔を見合わせた。

有栖川宮幸仁親王の祖、好仁親王《よしひとしんのう》のご正室は、越前《えちぜん》松平家出身。

正信が問う。

「直系の綱豊様と綱吉様を差し置き、幸仁親王を宮将軍に立てると申すか」

「そのための、暗殺のくわだてにございましょう」

柳沢が言うと、正信が唇《くちびる》を震わせながら怒った。

「徳川と縁があるとは申せ、ご両人にくらべたら血は薄い。しかも、そのために暗殺をくわだてるなど言語道断。殿、これは、立派な謀反《むほん》にございますぞ」

「まあ、そう騒ぐな」

「しかし――」

「ことを荒立てれば、幕府だけの話ではすまなくなる。これに乗じて、徳川の土台を揺るがそうとたくらむ者が出ようぞ」

「わたくしも、綱豊様のお考えに同じにございます」

正信は歯を食いしばり、ぐっと怒りを抑えた。

左近は正信の背に手を当ててなだめると、柳沢に訊いた。

「岩倉卿が、雅楽頭と宮様のあいだを取り持っておるのか」

「おそらく」

「どのような御仁《ごじん》だ」

「わかりませぬが、剣のほうはかなりの遣い手」

手練《てだれ》の忍に夜襲をかけさせたが、ことごとく斬られたという。

「ほう、公家が、剣術を遣うのか」

「公家とはまこと、得体の知れぬ存在にございます」

「その者は、広尾の寮におると申したな」

「はい」

「何をするつもりじゃ、左近！」

正信の態度に、柳沢が目を見張ったので、

「あいや、殿」

　と、慌《あわ》てて言いなおし、訊いた。

「何をするおつもりです」

「案ずるな。顔を拝《おが》むだけだ」

「はあ？」

　正信が呆《ほう》けていると、柳沢が言った。

「くれぐれもお気をつけください。岩倉卿は広尾にとどまらず、綱豊様のように江戸市中を出歩かれております。さらには、相手は綱豊様のことを知っておるやもしれませぬ」

「馬鹿な、殿が市中に紛《まぎ》れていることを知っておると申されるか」

「こうして、我らも知っておりますれば……」

　柳沢が抜け目のない顔を向け、薄笑いを浮かべて続けた。

「……すでに、どこかでお会いしているやもしれませぬぞ」

　柳沢はそれだけ言うと、

「では、ごめん」

　と、頭を下げ、颯爽《さっそう》と立ち去った。

四人の侍がそれぞれ頭を下げ、柳沢の背後にぴたりと従う。

「言いたいことだけ言って、とっとと帰り申した。なんなのだ、あの男は」

もっと詳しいことを聞きたかったと、正信が舌打ちをした。

「これは、まいった」

と、左近が笑いながら言った。

「殿、笑いごとではござらぬぞ」

「いや、さすがは綱吉公だ。世の中の動きを知る力は、一枚上手《うわて》だな。そうは思わぬか、義父上」

「はあ……」

「それにしても、まさかあの爺《じい》がな」

信頼していた酒井に裏切られた左近は、辛《かろ》うじて平静を保っている状態だった。自分を襲った百鬼組は、綱吉公を次期将軍に推す者が差し向けたものだとばかり思っていたのだ。

「石川能登守は綱吉公側の者だと思っていたが、まさか、酒井が後ろで操っていたとは……」

「酒井の古狸《ふるだぬき》め。殿にいい顔を見せて裏で暗殺をたくらむなど、けしからん奴じゃ。即刻、上様に申し上げ、成敗してもらいましょうぞ」

「それは待て。宮様が絡んでいる以上、上様に動いてもらうわけにはまいらん」

「しかし……」

「まずは、広尾にいる岩倉卿を小五郎に捜させよう」

「まさか、本気で会うおつもりか」

「何か、たくらみがあるように思えてならぬ」

「宮様を将軍にして、公家の力を増そうとたくらんでおるに違いありませぬ」

「それは、調べればはっきりする。義父上は、酒井の周辺に探りを入れてもらいたい」

「ははっ、甲府藩の力が、綱吉公に劣《おと》らぬことを見せてやりますぞ。では、それがしは藩邸に戻りまする」

と、帰りかけて、何を申しておるのだわしは、と頭をたたき、

「殿が市中にくだりしことが相手に知られた以上、このまま帰るわけにはまいらぬ。さっ、共に藩邸へ帰り――」

そう言って正信が背を返した時には、左近はすでに、遠くまで逃げていた。

五

花川戸に帰った左近は、煮売り屋の暖簾を潜った。

「いらっしゃい」

かえでが明るく声をかけ、左近だと気づいて小さく頭を下げる。

左近は奥の床几に座り、

「酒を頼む」

客を装い、酒が出されるのを待った。

すぐにかえでが用意してきて、

「おひとつどうぞ」

酌をしてくれるのをすまぬと言って受けると、懐から紙包みを取り出した。

「これは、先日、主人に借りた銭だ」

そう言って紙包みを渡すと、

「あら左近様、うちの人のお金なんて、いつでもよかったんですよう」

かえでが話を合わせる。

「はは、そうはゆかぬよ。よろしく伝えてくれ」

「じゃあ、確かに」

そう言って奥へ入ると、間もなく小五郎が出てきて、

「おう、左近の旦那、確かに預かりましたぜ。ゆっくり話してぇところだが、野暮《やぼ》用《よう》があるんですまねえ。ゆっくりしてってくだせえ」

と言い、急がしそうに出かけていった。

渡した紙には、広尾に隠れ住む岩倉卿を捜せ、と書いてあった。

――小五郎が手下を使えば、そう時はかからぬ。

そう思って後ろ姿を見送っていると、表に出ようとした小五郎が、誰かと鉢合《はちあ》わせになった。

「おう、こりゃどうも、失礼を」

あやまる小五郎と入れ違いに入ってきたのは、岩本だった。白を基調に松の葉が描かれた着物は、ぱっと目を引く。

「岩本殿」

左近が声をかけると、岩本は莞爾《かんじ》として笑い、同じ床几に座った。

「はは、あなたもここの味がお好きなようだ」

「ええ、まあ」

左近がうなずくと、岩本はかえでを見て、嬉しげな顔で注文した。

「酒と、煮物は女将にまかせる」

左近が酒をすすめると、

「かたじけない」

素直に受け、一息に流し込んだ。

旨いと言い、左近に杯を返しながら訊く。

「上野の山はどうでしたか」

「………」

左近が黙っていると、先ほど山から出てくるのを見かけたという。

ただの散歩だと左近がとぼけると、岩本は、自分は寛永寺に参拝《さんぱい》した帰りだと言った。

「先のことが心配でな。こうなったら神頼みとばかりに、手を合わせてきたのだ」

そう言っておいて、

「新見殿は、見たところお暇《ひま》なご様子だが、いずれのご家中の方かな」

「旗本新見家の三男の身ゆえ、こうして暇をしている」

などと適当なことを言ってごまかすと、岩本の目が急に鋭いものとなった。

「おぬしは、この国の行く末が心配ではござらぬか」

「……」

「声が出ぬは、なんとも思うておらぬと見て、よろしいか」

「……」

それでも答えぬ左近にがっかりしたように、岩本はため息をついた。

「この国が、どうあるべきとお考えか」

逆に左近が訊くと、岩本はふっと顔を上げて、左近に酒をすすめながら言った。

「失礼だが、新見殿は江戸から出たことはおありか」

「……いや、一度も」

咄嗟《とっさ》に出た言葉だ。左近の見聞では、出たことがないに等しい。

すると岩本が、

「旗本衆なら、それも仕方のないことかもしれぬが、近場の国へでも行ってみられるがよろしい。視野が広がりますぞ」

こうすすめてきた。

「ほう、そこまで違いますか」

「違う、悪い意味で、だが」

「……悪い、とは」

「まず、農民の暮らしぶりがひどい。江戸ではこうして小銭を出せば、好きな物を食べて、飲める。だが、農村に住む者は、食うことに苦しんでいる。特に今年は、去年の不作が響いて飢《う》える者があふれている……」

かえでが煮物を入れた器を持ってきた。岩本が竹の子を箸でつまみながら続ける。

「……旗本のおぬしに言うと怒るかもしれぬが、泰平の世に、旗本や御家人が多すぎるのだ。もっと人を減らせば、ご公儀とて財政に余裕が出るうえに、農民にも米が行き渡る。そうは思わぬか」

「………」

左近は、胸が締めつけられる思いであった。

「やはり新見殿も、自分たちが食えれば、それでいいと思うておるのだな」

岩本の言葉に我慢できなくなったかえでが文句を言おうとしたが、左近が目顔で制した。

静かに杯を置いた岩本が、

「特に……」

　と、切り出した。

「……次期将軍に名があがっている甲府藩主などは、病気と申すではないか。そのような者が将軍になることはなかろうが、それがしには、逃げているとしか思えぬ」

「逃げている？」

「さよう、逃げている」

　挑発するように言われて、

（この男、もしや）

　と、左近は気づいた。

（おれの正体を知ったうえで、このような話を）

　と思ったが、ここは聞き役に徹するべしと決め、続きを促《うなが》した。

「それは、おもしろそうな話ですね」

「………………」

　岩本は確かめるような目で見ていたが、自分の思いをぶちまけるように、饒《じよう》舌《ぜつ》になった。

「幕府の派閥争いを恐れて、逃げているのだ。貪欲《どんよく》な幕閣どもに利用されるのを恐れて、屋敷に籠もっておるのだ。そうは思わぬか、新見殿」

「確かに、逃げているといえば、そうかもしれぬな」

「ほう」

岩本が鋭い目を向けたが、左近は杯に目を落とし、酒で口を湿らせると、切り返した。

「しかし、それがある目的をもってなされたことだとしたら、どうだろうか」

「目的？」

「跡目を争う家は、悪くすれば血で血を洗う戦いが起きる。今名があがっている二人の将軍候補が対立を深めれば深めるほど、幕府の結束力は弱まり、政《まつりごと》がおろそかになる。その隙を突いて徳川を潰そうとたくらむ者が台頭し、世をかき乱そうとするであろう。それが広がれば、どうなるとお思いか」

「改革には、痛みが伴《ともな》うものだ」

「痛みで、すみましょうか」

「うむ？」

「力で天下を奪おうとすれば、日ノ本は戦《いくさ》の世に逆戻りです」

「……………」

「それでなくとも、今の徳川は土台が揺らぎつつある。神君家康公が絶対的な力を振るっていた時代とは、大きく違うのです。幕府、いや、武士の頂点に立つ将軍たる者は、ご家来衆の飾り物になり下がってはならぬ。己の目で世の中を見据《みす》え、あらゆる政策に精通《せいつう》し、その道に携《たずさ》わる者を正しい方向へ導かねばならぬのです」

「では、幕府の一枚岩を砕《くだ》かぬために、仮病で逃げたと」

「逃げたと言えば、逃げたのでしょう。確かに、初めはそうであったかもしれませぬ。しかし今、そのお方は確信しておられるはず」

「何を、確信していると？」

「城の中に籠もり、家来から上がってくる報告ばかりを聞いておったのでは、実際に世の中で何が起きているのかわからぬ、ということをです」

「……………」

「その点、岩本殿は、世の中をよく知っておられる。察するに、江戸のお方ではないようだが、大名家のお方か」

「いや、今はわけあって、浪々の身」

「それは、失礼した」

左近は頭を下げた。

「まあ、江戸から出たことがないそれがしも、お城におられる方々と似たようなもの。これからも、いろいろなことをお教えくだされ」

そう言うと、岩本は意外そうな顔をして目を泳がせたが、

「こちらこそ」

と、頭を下げた。

「そうと決まれば、さっ、飲みなおしましょう」

左近がすすめた酒を飲み、煮物に箸をつけた岩本は、やはり旨い、と笑顔を見せていた。

六

夕日に染まる広尾の道を歩みながら、岩倉は物思いにふけっていた。

先ほどまで共に飲んでいた、新見左近のことを考えているのだ。

(徳川綱豊に違いないが、あの男、斬るには惜しい)

こう、思いはじめている。

ふと足を止め、背を返した。彼方《かなた》には、西日を浴びて甍《いらか》を輝かせて見せる家屋敷の屋根が連《つら》なっている。

百万に届く数の人々が暮らす江戸市中の中心にあるのが、江戸城だ。

あの男は、日ノ本の舵取《かじと》りをする城にいたのでは、世の中のことがわからぬ、とぬかしおった。

(実に、おもしろい)

岩倉は笑いを嚙《か》み殺しながら背を返すと、ふたたび歩き出す。

(斬らぬにしても、剣は交《まじ》えたい)

そう思いもして、寮に着く頃には、こころを決めていた。

ふと、寮の垣根に潜む気配を感じる。

先日の刺客の仲間かと警戒するが、どうやら違うらしい。

近づいたところでぴたりと足を止めると、その者は、垣根の陰から染み出るように姿を現した。

「どうした」

「殿が、例の件をお急ぎにございます」

「うむ、近いうちに必ずと、申し伝えよ」

「いえ、それは通りませぬぞ」

「うむ？」

「殿は警戒を強めておられますゆえ、相手に近づきすぎるのはどうかと……」

「余のことを、疑《うたご》うておると申すか」

「石川殿の件も、ございましたことですし」

「では早々に戻って、心配いらぬと伝えよ」

「はは」

男は消えるように下がると、その場から立ち去った。

寮の敷地に足を踏み入れようとした岩倉は、もうひとつ、こちらをうかがう気配に気づいたが、そのまま捨て置いた。

「具家殿、お帰りですか」

「はい」

「こちらへ……」

香祥院の声に応じて、襖《ふすま》を開けて奥の部屋に入る。

こちらに背を向けていた香祥院が、藤色の袱紗《ふくさ》に包まれた物を差し出した。

「これを、渡しておきましょう」

「なんですか」

「……開けてみなさい」

岩倉は、袱紗を開いた。

「これは……」

「あなたが何者であるかを明かす品。家光公が、そなたの祖母、おなみの方様に贈られた物じゃ」

岩倉は、それを見つめながら言った。

「母上は、徳川の者を斬るな、と言いたいのですか」

「わたくしが申すまでもなく、そなたはもうこころに決めたのではありませぬか」

「…………」

「先日、酒井雅楽頭様が来られた際、たまたま話を聞いてしまったのです」

「なんと」

「そなたが斬れと命じられた相手は、名君として、甲府の民に慕われていることをご存じか」

「……いえ」

「先日まで仕えてくれた侍女は甲府の出ですが、昨秋の米が不作と知られた甲州様は、民が困らぬように、年貢を下げるよう命じられたそうです」

「……………」

「そのようなお方が将軍になるのを阻止するそなたらは、いったい、何をたくらんでいるのです」

「たくらみなどと、母上……」

「暗殺がたくらみでなくて、なんとする」

「すべては、宮様を将軍にするために動いておるまで」

「宮様を！」

香祥院は目を丸くしたが、すぐに平静に戻った。

「そうですか、宮様を将軍に……」

「わたくしは、徳川の血を引く者として、幕政に加わりたいと考えておりました。宮様が将軍になられたあかつきには、老中に据えるとの約束をいただいております」

「老中に？」

「はい、酒井雅楽頭様と力を合わせ、宮様の手足となってこの国のために働きたいのです。ゆくゆくは、わたくしが将軍に――」

「たわけ！」

香祥院は、我が子を叱る母の顔になっていた。

「そなたはそのような野心を持って、雅楽頭様に手を貸したのですか」

「確かに初めはそうこころに秘めておりましたが、今は思うておりませぬ。この具家の命を捧《ささ》げても惜しくはない相手と、出会いましたからな」

「何を申しているのです」

「母上が、侍女の言葉を聞かせてくれたおかげで、こころが晴れた思いにございます。どうぞ、ご案じなさらぬように」

岩倉は頭を下げると、自室に入った。

夜も更《ふ》けた頃、江戸城大手門前の酒井家屋敷では、雅楽頭が家来からの報告を受けていた。

新見左近こと徳川綱豊と接触しながら、刀を抜くどころか、共に酒を飲んでいる岩倉卿に業《ごう》を煮やす酒井であるが、

「近いうちに必ず決着をつけると、仰せになりました」

との報告に、いくぶんか表情を和《やわ》らげている。

だが、手を腰の後ろで組み、中庭に灯《とも》された灯籠《とうろう》の明かりを見る目は鋭い。

「よいか」

と、足下《あしもと》で片膝をつく家来に告げる。

「万が一、岩倉卿が綱豊を生かすようなことがあれば……構わぬ、二人とも斬れ」

「しかし、具家様は――」

「よいな」

酒井は命じると背を返し、座敷に戻って上座に腰を下ろした。

目をむき、じっと庭に視線を向けていたが、家来が頭を下げて立ち去ると、怒りにまかせて、脇息《きょうそく》を取って投げた。

七

その数日後――。
左近は、甲府藩邸から届いた驚くべき知らせの真偽を確かめるために、広尾に向かうつもりでいた。

安綱を腰に落とし、谷中のぼろ屋敷を出ようとした時、門の表から小五郎が駆け込んできた。左近の前に片膝をつき、息も切らさずに言う。

「殿、岩倉卿が、寛永寺でお待ちです」

小五郎に心づけをにぎらせ、用があるが住処《すみか》を知らぬので、呼んできてくれと頼まれたらしい。

「ちょうどいい、広尾まで行く手間が省《はぶ》けた」

「どうか、お気を許さずに」

「うむ？」

「岩倉卿のご様子が、これまでとは違います」

「わかった」

左近は小五郎と坂をくだり、寛永寺の門前で別れると、一人で本堂へ向かった。

左近の祖父、徳川家光が建立《こんりゅう》し、南光坊天海《なんこうぼうてんかい》が初代貫主《かんしゅ》を務めた寛永寺は、徳川宗家の祈禱所《きとうしょ》であり、家光の葬儀が行われた寺である。

年中、参詣客《さんけいきゃく》が途絶えることのない境内《けいだい》は、武家、町民の身分を問わず人々が行き交っている。その中を歩み、本堂の前に行くと、左近が現れたのを見た岩本ならぬ岩倉具家が、裏手の上野山に歩み、人気がない場所に誘い込んだ。

薄水色の羽織に、灰色の袴を穿《は》いた岩倉は、木立の中に建つ小さな祠《ほこら》の前で立ち止まった。

「ここなら、邪魔が入るまい」

背を返して言うと、羽織を脱いだ。襷《たすき》をかけたその姿を見て、左近が訊く。

「なんのつもりだ」

「返答次第では、おぬしを斬ろうと思うて、支度をしてきた」

左近が黙っていると、岩倉が続けた。

「新見左近、いや、徳川綱豊殿とお見受けしたうえで問う。おぬし、将軍になる気はないのか」

「…………」

「答えよ！」

「正体を隠す者に、話すことなどない」

「…………」

岩倉は刀の柄《つか》に手をかけたが、ゆるりと手を離し、懐に手を差し入れた。

「これが、それがしの正体だ」

左近は、投げ渡された物を受け取った。

それは、きらびやかな蒔絵《まきえ》が施《ほどこ》された櫛《くし》だった。その蒔絵の中に、葵《あおい》の御紋《ごもん》を見つけ、左近が言う。

「やはり、徳川の者であったか。雅楽頭が徳川の縁者と共に、天下を狙っているとの知らせを得ておる」

「その櫛は、我が祖母が母を産んだ時、家光公から贈られた物だ」

「では……」

「おぬしと同じ、家光公の孫……」

そこまで言って、岩倉はふっと笑みを浮かべた。

「……と、申しても、母は家光公から正式な子とは認められてもおらぬし、おぬしのように直系ではないが」

「それがなぜ、岩倉卿を名乗る」

「やはり、知っておったか」

「………」

「養子に出されたのだ。それがしの秘密を知る者が、江戸から遠ざけたかったのであろう。まあ、今はそんなことはどうでもよい」

岩倉はそう言うと、目つきを鋭くして訊いた。

「答えよ、綱豊殿。おぬし、将軍になる気はないのか」

「ないと言ったら、どうする」

「斬る……」

岩倉はじりっと足を滑らせて腰を落とし、抜刀した。

「……斬って、かわりに宮様を将軍にお迎えいたし、それがしが幕府を変える」

「それが、雅楽頭の筋書きか」

「あの者のことは、ただのきっかけにすぎぬ。余は、己の保身しか考えぬ幕閣の連中を一掃《いっそう》し、民に優しい幕府を作りたいと願い、今日まで酒井と手を組んで京との繋ぎを取ってきた。だが、おぬしを斬れと命じられて浅草に行った時から、考えが変わった。甲府の民は、昨年の不作にもかかわらず飢える者がいないと聞く。おぬしになら、この国をまかせられる。頼む、将軍になると、言ってくれ」

「ここで言えるようなことではない。次期将軍を決めるのは、家綱様ただ一人」

「はぐらかすな。辞退したと聞いたぞ」

「世継ぎ争いで騒乱を起こさぬためだ。まさか、おれと綱吉公の命を狙う黒幕が、雅楽頭とは思わなかったがな」

「………」

岩倉は一瞬目をそらしたが、すぐに正面を向いて言った。

「では、どうしても将軍になる気はないのだな」

「ない」

「ならば、斬る。おぬしの次は綱吉を斬り、余が、幕府を変える」

岩倉はゆるりと正眼《せいがん》に構え、そこから脇構《わきがま》えに移った。

身から出る気迫に応じて、左近は安綱を抜く。

小五郎とかえでの店で感じた殺気とは、明らかに度合いが違う。

岩倉がすっと前に出て、間合いを詰めた。

「我が秘剣、鬼法眼流を遣う前に、もう一度訊く。綱豊、将軍になる気はないか」

左近は安綱を正眼に構え、切っ先を岩倉の鼻筋に向けると、改めて答える。

「ない」

途端に、岩倉の顔色が蒼白《そうはく》となり、表情が引き締まった。

音もなく前に出ると、八双《はっそう》の構えから切っ先を下に向け、そのまま斬り上げる。

左近がその刃《やいば》を安綱で受け止め、相手の峰《みね》を滑らせて切っ先を胸に突き入れる。
が、岩倉はそれを予測し、刀を流して振り上げ、肩めがけて斬り下げた。
突きに出ていた左近が跳びすさり、間合いを空ける。
緊迫した空気の中、二人の剣客が正眼に構えなおし、そのまま動かなくなった。
（恐るべき剣さばき）
と、互いが思っているようだ。初めて見る剣術であるため、迂闊《うかつ》に動けぬのだ。
じり、じり、と間合いを詰めた岩倉が、
「てい！」
という気合の声と共に喉を狙って突いてくるのを、左近が弾《はじ》いた。
「むぅ」
刀を受け止められた岩倉は、その瞬間に、小手を浅く斬られている。
受けると同時に攻撃に転じて斬り、徐々に相手の体力を奪う、葵一刀流の極意である。
だが、左近のほうも、着流しの肩にどす黒い血の染みが浮き出ている。

徳川の葵一刀流と、公家の鬼法眼流――。

秘剣対秘剣の闘いは、上野の山に鋼《はがね》と鋼がかち合う音が響くだけで、決着はつかなかった。

両者がふたたび跳びすさり、間合いを取る。

左近は、安綱の切っ先を正眼の構えから下げ、下段に構える。

対する岩倉は左足を前に出し、脇構えから大上段に構えなおした。

間合いは死の間合い、次の一撃で決着がつく。

ぴんと張り詰めた空気の中で、ふっと岩倉が身体の力を抜き、刀を下ろした。

「やめだ」

と、静かに言い、

「斬らずに、おぬしが将軍になると決めるのを待つことにする」

「…………」

左近もゆるりと息を吐き、全身の緊張をほぐした。

岩倉は刀を鞘《さや》に納《おさ》め、左近を見た。

「綱豊殿が将軍となれば、わたしはおとなしく京へ戻る。だが、もし、綱吉公がなるようなことになれば、この江戸にとどまり、将軍の座を狙うことにしよう」

「では、この綱豊が、綱吉公をお守りいたそう」

「ふ、ふふ、おもしろい」

嬉しげに笑う岩倉に釣られて、左近も安綱を鞘に納めながら、笑みをこぼした。剣客の血が騒ぐのか、内心では、好敵手の出現を喜んでいるのだ。

それは、岩倉とて同じのようで、

「いずれまた、剣を交える日が来よう。楽しみにしておれ」

笑みのまま言い、背を返した。

が、その場でぴたりと止まる。同時に、左近も身構え、あたりをうかがった。

風がさっと流れ、樹木の葉が揺れたかと思うや、空から黒い影が襲ってきた。

左近は安綱を抜刀し、そのまま払い上げた。

「ぐあっ」

くぐもった声と共に、地面に人が転がり落ちる。

それを機に、樹木のあいだから染み出るように、忍びらしき者が姿を現した。

左近と岩倉は二人の闘いに精一杯で、まわりに集まってきた殺気に気づくのが遅れたのだ。

「貴様ら、なんのつもりだ」

岩倉が鋭い口調で言った。

「どうやら知り合いのようだが、厄介《やっかい》な者と友なのだな」

左近が余裕の口調で言うと、岩倉がうるさいと応え、曲者を睨んだ。

「口を封じろと、雅楽頭に命じられたか」

「………」

曲者はざっと見て十名。二人を囲むと刀を一斉に抜き、じりじりと間合いを詰めてくる。

敵の一人が、

「やれ」

と、低い声で命じるや、一斉に襲いかかってきた。

左近は敵の一刀を避け、安綱で胴を払い、返す刀で次の敵の肩を斬った。

その隙を突いて伸びてきた切っ先を鼻先でかわし、すかさず小手を斬り落とす。

岩倉も負けじと二人を斬り伏せ、今一人の首筋を斬り裂き、頭を狙ってきた敵の刃を弾き上げると、胴を払った。

二人が一息に七名の仲間を倒すのを目の当《ま》たりにし、残った三人がうっと息を呑む。

震える切っ先を向ける三名は、倒した忍びと同じような覆面を着けているが、中身はただの侍のようだ。

血がしたたる刀を提《さ》げ、悠然《ゆうぜん》と立っている二人に恐れをなし、

「ひ、ひい」

と、悲鳴をあげて、腰を抜かさんばかりに逃げ去った。

左近は、血振りをくれて安綱を鞘に納め、

「雅楽頭の手の者か」

と、訊いた。

覆面を取って顔を確認した岩倉が、

「雅楽頭の汚れ仕事を請け負う者に違いない。伊賀者と、聞いている」

と言い、神妙な面持《おもも》ちで続けた。

「どうやら、手を組む相手を間違えたようだ」

「………」

「左近殿……次期将軍が決まるまでは、このおれと、友になってくれぬか」

「うむ？」

「徳川綱豊としてではなく、また、岩倉具家としてでもなく。新見左近と岩本具家として、酒を飲みたいと思うてな」

何もなかったように、屈託《くったく》のない顔で言う岩倉の求めに、左近は笑顔で応じた。

「よし、そうと決まったら、かえで殿の店に行こう。今日は、おれのおごりだ」

「はは、それはかたじけない」

「あの竹の子は、絶品だからなぁ……」

「確かに、そうであるな」

二人がこのような会話をしながら林を歩み、浅草に帰りはじめた時……。

と、慌てたのは、木の陰に潜んで、二人を見守っていたかえでだ。

今日はまだ、煮売り屋を開ける支度を何もしていなかったのである。

「どうしよう」

※

その夜、上野山から逃げ帰った者から報告を受けた酒井雅楽頭は、石川乗政に続き、岩倉具家までもが綱豊派に回ったことを知り、愕然とした。

「これで、宮将軍を擁立することは叶《かな》わぬ……か」

手を振って家来を下がらせると、脇息にもたれ、呆然《ぼうぜん》と一点を見つめた。

そして、聞き取りにくい声で、

「我が息子に裏切られようとは。のう、香祥院」

そう言うと、横の襖が静かに開けられ、岩倉の養母、香祥院が姿を見せて平伏した。

「我が血を引く者を天下人にせんと、おなみの方の娘に具家を産ませたに。思惑がはずれてしもうたわ」

「今一度、説《と》き伏せてみせましょう」

「ふん、嘘《うそ》を申すな、香祥院」

「…………」

「このわしが、何も知らぬと思うてか」

「何を仰せで」

「そなた、具家に綱豊を斬るなと、止めたであろう」

「そのようなことは……」

「恨《うら》みか……二十年前、そなたを捨てたわしを恨んで、具家にいらぬことを吹き込んだのであろう」

「………」

香祥院が無言のまま目をそらすと、雅楽頭は気が抜けたような顔になり、脇差を抜いた。

脇息にもたれかかり、途方に暮れたように、白刃《はくじん》を見つめている。

やがて、じっとりとした目を香祥院に向け、脇息を放り投げて切っ先を向けた。

ぎょっとした香祥院が、

「何をなさいます！」

と、悲鳴をあげたその時、

「殿！　一大事にござります！」

家来が大声で叫び、廊下に現れた。

「何ごとじゃ」

「たった今、お城から火急の知らせが届き……上様がお倒れになられました」

「なっ、なんじゃと！」

「容体《ようだい》はかんばしくなく、急ぎ登城せよとのことにございます」

家来が言い終えた時には、雅楽頭は脇差を放り投げ、走り出していた。

ほっと胸を押さえて大きな息をした香祥院は、岩倉に伝えなければと、急ぎ広尾の寮に戻った。

ここから、江戸城内は世継ぎのことで激動の時を迎えるが、そんなことを知る由《よし》もない新見左近は、岩倉と二人で、煮売り屋で大酒を飲んでいた。

新緑が美しい、延宝八年の夏のことだ。

本書は２０１１年４月にコスミック・時代文庫
より刊行された作品を加筆訂正したものです。

双葉文庫

さ-38-16

浪人若《ろうにんわか》さま 新見左近《にいみさこん》 決定版《けつていばん》【三】

おてんば姫《ひめ》の恋《こい》

2022年3月13日　第1刷発行

【著者】
佐々木裕一《ささきゆういち》

【発行者】
箕浦克史
【発行所】
株式会社双葉社
〒162-8540 東京都新宿区東五軒町3番28号
［電話］03-5261-4818(営業部)　03-5261-4833(編集部)
www.futabasha.co.jp(双葉社の書籍・コミックが買えます)
【印刷所】
中央精版印刷株式会社
【製本所】
中央精版印刷株式会社

【フォーマット・デザイン】
日下潤一

ISBN978-4-575-67101-8 C0193
Printed in Japan